LES PALMIERS DE
DÉCOMPRESSION

Anna Alexis Michel

LES PALMIERS DE DÉCOMPRESSION

Roman

Éditions RENCONTRE DES AUTEURS
FRANCOPHONES - 2023
www.rencontredesauteursfrancophones.com
Tous droits réservés
ISBN : 978-1-962371-00-1

Il ne faut pas avoir peur du bonheur.
Ce n'est qu'un bon moment à passer »
Romain Gary

Prologue

« Il faudrait, pour survivre, remonter du fond de nos chagrins comme un plongeur remonte des abysses : il s'arrête le long de la corde, reprend sa respiration, évacue en bulles légères tout le méchant excès d'azote qui pourrait le tuer, et, avant de rejoindre les palmiers et la lumière, il respecte - pour ne pas mourir - des paliers de décompression. »

J'avais écrit des paliers de décompression et le correcteur orthographique, croyant savoir mieux que moi, avait corrigé : palmiers de décompression.

- Paliers, tu veux dire ? Avait repris l'ami qui, de l'autre côté de l'Atlantique, ne dormait toujours pas.

Oui. Évidemment. Mais c'était si joli : les palmiers de décompression.

Nous nous étions dit bonne nuit, à bientôt, dors bien.

Mais je n'avais pas dormi.

Le lendemain, je lui avais envoyé un mot. Ma décision était prise : ce lapsus calami m'avait donné l'idée d'une histoire, une dont le dénouement serait écrit avant la fin. Je remonterais le fil doucement jusqu'au nœud gordien et alors seulement, quand je l'aurais dénoué, je pourrais comprendre - parce qu'il fallait que je comprenne - comment l'histoire est écrite avant nous.

Mon livre s'appellerait « Les palmiers de décompression ».

XV

Antoine avait disparu.

Ce matin-là avait été le dernier. Le dernier où il leur avait fait de petites tartines grillées posées sur les jolies soucoupes qu'il avait décorées de leurs initiales.

Pour qui n'aurait rien su de sa folle détermination, ce dimanche matin aurait semblé être celui d'un couple ordinaire : Antoine et Line avaient pris leur petit-déjeuner, tous les deux, dans la cuisine, côte à côte, comme tous les jours, face aux palmiers que la brise du matin berçait doucement.

Ensuite, lui le premier, comme il le faisait d'habitude, était parti se doucher, pendant qu'elle desservait la table.

Pourtant, certains détails trahissaient la gravité du jour. Ils n'avaient pas chanté, au contraire de tous les autres jours, lui grillant des tartines, elle dressant la table.

Et, le déjeuner avalé, Antoine avait filé sous la douche, sans même écouter les nouvelles du monde ou parler de politique. Et il était ressorti de la salle de bains tout habillé, au lieu de traîner comme Line l'aimait tant, torse-nu, simplement vêtu d'une serviette nouée autour de la taille, tel un sénateur romain flânant au sortir des thermes.

Puis, une fois habillé, il avait pris sur le portant du placard les vêtements qui restaient. Tous. Ou presque. Il avait bien laissé un pantalon à carreaux et quelques T-shirts, mais Line avait reconnu ceux qu'il ne mettait plus depuis longtemps, et elle avait compris qu'il les abandonnait en gage d'un retour qui s'annonçait absolument improbable.

- Je vais déposer tout ça à l'appartement et je reviens te prendre pour t'emmener déjeuner.
- Tu es sûr ?
- Oui.

Il le fallait absolument, avait-il ajouté.

Comme si le fait de la nourrir une dernière fois allait étouffer son chagrin.

Il était revenu sur le coup de midi. Il était resté sur le seuil entrouvert, il avait caressé le chat. Puis, ils étaient partis ensemble. En couple. Pour la dernière fois.

Il avait choisi de l'emmener déjeuner dans ce *food-court* un peu chic et très bruyant. Il y avait du monde et pas de place pour des larmes ou de grandes discussions. En partageant un ceviche et quelques tacos, assis sur les tabourets hauts, face à face, Line lui avait dit qu'il était encore temps de changer d'avis, qu'il n'y a que les idiots qui n'en changent pas, qu'il allait gâcher sa vie.

- Je sais, avait-il répondu.

En sortant, Antoine la tenait encore par la main, comme il le faisait toujours depuis le premier jour de leur histoire.

De retour à l'appartement qui avait été le leur et qui devenait aujourd'hui officiellement celui de Line, il était allé dans leur chambre, il avait fouillé son bureau, il en avait sorti quelques objets.

- Tiens, ça, c'est pour toi, lui avait-il dit, en lui mettant entre les mains un coupe-papier Alessi et un sceau à cire en jade vert épinard.

Elle avait dit merci, mais elle n'était pas sûre qu'il s'agisse vraiment de cadeaux. Juste d'objets qui devaient lui rappeler des souvenirs anciens et dont il ne voulait pas encombrer son nouvel appartement.

- Ce cadre, tu me le laisses ?
- Oui, oui, il est à toi. Je te l'avais promis.
- Merci, mais c'est ton œuvre, il faut que tu la signes avant de partir.
- Bien sûr.

Il s'était attablé à son bureau, il avait retourné le petit cadre et il écrivait quelque chose au dos. Line s'était assise sur le lit. Elle le regardait faire et, contemplant de dos ce petit homme qu'elle aimait lui écrire un message, elle aussi s'était mise à lui écrire quelque chose : du bout de l'index, elle avait tracé un cœur à rebrousse-poil sur le couvre-lit en pilou.

Reste. Je t'aime. C'était puéril, naïf, mais il ne lui restait plus rien d'autre.

Puis, elle s'était levée et elle était allée attendre Antoine au salon. Il l'avait rejointe quelques instants plus tard.

- Voilà, c'est bon, je suis parti.
- Tu es sûr ?
- Oui, j'ai besoin d'être chez moi. De me retrouver seul. De te choisir. Tu sais, je vais peut-être

comprendre très vite. Je serai peut-être revenu dans quelques mois, quelques semaines. Demain.

Il avait franchi le seuil. Line lui avait dit, je t'aime et ses lèvres à lui avaient mimé une réponse. Elle s'était effondrée sur le divan et elle avait fondu en larmes. Très longtemps.

Il fallait qu'elle retrouve la respiration, qu'elle décompresse, le temps que ce chagrin qui la submergeait la traverse et la quitte.

Finalement, Line s'était redressée, elle s'était levée et elle avait trouvé le courage de rentrer dans leur chambre à coucher, cette pièce qui soudain était devenue la sienne. Sur le plaid, il y avait deux mots tracés du doigt d'Antoine sous le cœur qu'elle avait dessiné : moi aussi.

En s'asseyant sur le lit, Line avait machinalement pris le cadre posé sur le bureau : c'était sans doute le seul vrai cadeau qu'il lui ait fait.

Mais, à bien y réfléchir, ce n'en était pas vraiment un non plus, elle avait dû lui rappeler sa promesse de le lui offrir. Et, à cette idée, elle se remit à sangloter, tandis qu'elle le tenait serré sur son cœur.

Voilà maintenant que cela lui revenait : tout à l'heure, il écrivait quelque chose au dos de son dessin. Qu'est-ce que c'était ?

Alors, elle avait lentement retourné le cadre et, au-dessus de la signature qu'Antoine avait tracée, elle avait lu ces mots qu'il avait écrits pour elle :

« À mon unique et indispensable ».

Line

Est-ce que je t'ai déjà parlé de la vieille dame qui voulait se suicider ? Non ?

Alors, il faut que je te la raconte, cette histoire, sinon tu ne comprendrais pas. Elle est vraie, je ne l'ai pas inventée. C'est aussi un peu mon histoire. Enfin, j'y joue un rôle. C'est le destin, vois-tu.

Donc, il y avait cette vieille dame qui avait décidé de se suicider. Elle n'était pas folle, bien au contraire.

C'était une petite dame très mince, toute petite en fait, avec des cheveux courts comme ceux d'une prof de maths, tu vois. Elle était extrêmement intelligente. Elle avait fait toute sa carrière dans l'administration. Un poste à responsabilités. Elle était économiste de formation, je crois. Je ne suis pas sûre, mais sa vie, tu comprends, elle l'avait vécue comme ça, à l'économie.

Efficace, droite, elle avait toujours été la bonne élève, la collègue rigoureuse et chiante et sa vie était à l'image de ses dossiers, rangée et sans intérêt.

Elle n'avait jamais été divergente. Pourtant, quand je l'ai connue, elle voulait commettre ce qui semble la pire des folies : elle voulait se suicider.

Pourquoi ? Je te le dirai une prochaine fois.

XIV

C'était aujourd'hui qu'Antoine devait partir. En principe. C'était un matin comme un autre. Il ne parlait de rien. Elle non plus. Assis côte à côte, ils grignotaient leurs tartines.

Puis, comme ça, Antoine s'était mis à parler des derniers aménagements de son appartement. Il avait retourné le matelas hier, pour nettoyer dessous, et comme c'était dégueulasse. Il ne regrettait pas d'avoir prêté son appartement à ses amis, puisque c'étaient des amis, mais oui, il avait eu tort de le prêter quand même, en tout cas, il ne le leur prêterait plus, la douche était pleine de cheveux. Jamais il n'oserait laisser un appartement dans un tel état. D'ailleurs, quand il logeait chez des amis, il leur rendait toujours la chambre qu'on lui prêtait dans un état impeccable. Et vois-tu le pire, c'est que les gens ne se rendent pas compte : Sheila m'a dit qu'elle avait tout nettoyé.

Line l'écoutait. Elle visualisait le couple de prétendus amis, l'insupportable épouse à la bouche de poisson, et son mari l'artiste génial et torturé.

Évidemment qu'ils n'avaient pas fait le ménage. Enfin, pas comme Antoine l'entendait.

Line ne répondait pas.

Elle ruminait, et pas que sa tartine.

Au bout de quelques minutes, elle avait fini par demander à Antoine :

- Tu pars aujourd'hui ?

- Non, tu plaisantes. Ce n'est pas possible. J'ai encore trop à faire... Sauf si tu veux que je parte.
- Je ne veux pas que tu partes. Pour moi, tu peux rester toute la vie. Ce n'est pas moi qui t'ai imposé la date d'aujourd'hui. C'est toi qui m'as obligé à t'en donner une.
- Je sais. Je sais. Je pense que je serai parti pour la fin de la semaine. Dimanche sans doute.

Ils s'étaient pris par la main. Et sans rien dire, Antoine avait posé sa tête sur l'épaule de Line et elle l'avait entendu réprimer un sanglot.

Line

Oui, elle avait décidé de mourir, cette vieille dame dont je te parle.

Non, tu n'as pas besoin de connaître son nom pour comprendre son histoire. Elle ne t'est rien et elle m'est tout.

Parce qu'elle avait toujours décidé de tout dans sa vie. Alors, il fallait qu'elle décide aussi sa mort.

En fait, on lui avait diagnostiqué une maladie dégénérative. Une quelconque saloperie invalidante qui la priverait petit à petit de ses fonctions. Un jour, elle ne pourrait plus bouger, même plus déglutir. Peut-être, à peine, cligner des yeux.

Elle serait une plante, pourvu qu'on l'arrose, qu'on y songe au moins. Parce que beaucoup de gens laissent crever leurs plantes quand ils partent en vacances. Les chiens, on les laisse au bord de la route, ils ont peut-être une chance, mince, dégueulasse, mais une chance, même infime, que quelqu'un s'arrête et les recueille et les inonde d'un amour inconditionnel.

Pas les plantes.

Les plantes, on les enferme à double tour. Parfois, on demande aux voisins de les arroser et ils oublient. Parfois, on ne demande rien du tout - parce qu'on n'aime pas demander, qu'on ne veut pas déranger ou qu'on ne veut pas que des étrangers farfouillent dans vos affaires -, et quand on revient, bronzé et fourbu de vacances qui ne sont jamais vraiment reposantes, la plante est morte et on la jette.

On en recevra bien une autre pour un anniversaire, à la fête du bureau, à la prochaine visite de copains ou de cousins éloignés. Au pire, on en achètera une chez Ikea. Au moins, elle sera neuve, brillante, forcément exotique.

Or, cette vieille dame, elle ne voulait pas crever comme une plante oubliée dans un appartement. Et, de plus, elle savait qu'elle ne pouvait compter sur personne pour l'arroser.

Sa vie, elle l'avait vécue seule. Non, à bien y réfléchir, il n'y aurait personne pour l'arroser. Ou alors, des aide-soignantes en charge de soins palliatifs, recrutées dans des pays lointains, admirables jusqu'à ce qu'exténuées de fatigue, elles deviennent négligentes, maltraitantes et finissent en burn-out. Mais ce n'est pas leur faute, les pauvres, c'est la société qui veut ça.

Ces mêmes femmes extraordinaires qui ont placé leurs grands-mères, leurs mères bientôt, - pour avoir le temps de torcher celles des autres -, et qui savent qu'elles seront un jour, elles aussi, dans des langes souillés à espérer qu'on leur dise quelques mots amicaux dans une langue qu'elles ne comprendront pas. Alors, elles sourient le matin en prenant leur service et elles pleurent le soir dans leur lit.

Non, de tout ça, la vieille dame ne voulait pas.

Et si elle voulait y échapper, elle ne pouvait compter que sur elle-même, car le suicide assisté était interdit dans l'État.

Pour l'instant, elle n'avait aucun symptôme de la maladie qui d'après la Faculté - et il aurait été sacrilège de mettre le diagnostic des savants en cause -, la rongeait. Et c'était exactement pour cette raison qu'il fallait qu'elle agisse vite.

Avant qu'on ne décide de sa vie, elle allait planifier sa mort.

XIII

Il était trop tôt pour boire, mais la serveuse prit néanmoins la commande sans sourciller : une Grand-Patron Margarita. « *With salt, please* ».

Karen Blixen, quand elle signait Isak Dinesen, écrivait qu'il n'y a qu'un remède à tous les maux : l'eau salée. L'eau salée, c'est celle de la sueur, des larmes ou de la mer. Line avait connu les trois et elle savait que, des trois, la seule qui vous fasse oublier les deux autres, c'est la mer. Alors, c'était face à la mer aujourd'hui, comme chaque fois, qu'elle séchait ses larmes et oubliait sa sueur.

Line s'était exceptionnellement éloignée de Miami. Il lui fallait prendre un peu de distance pour mettre les événements en perspective.

Elle avait choisi la promenade d'Hollywood parce qu'il n'y avait, à cet endroit - entre elle et l'estran et la mer -, pas la moindre déclivité et, en ce jour d'arrière-saison, venteux et désert, pas un chat.

Les touristes canadiens en shorts, joyeux et rougeauds, envahiraient les campings environnants le mois prochain, la saison des ouragans venait de prendre fin, la saison des crabes commençait à peine.

Seuls quelques palmiers tordus par le vent, aux troncs démesurés, léchaient le ciel de leurs palmes brunies par le vent salé.

Au loin, la cabine du sauveteur semblait irréelle : on aurait juré un jouet qu'un gamin avait oublié sur la plage.

Entre son verre et l'horizon, il n'y avait rien ni personne qui puisse distraire l'attention de Line ou obscurcir ses pensées. C'était exactement ce qu'il lui fallait.

En dessinant dans son verre des huit à l'infini avec la paille en carton, Line pensa à l'amour et à sa prétendue bêtise : les gares et les aéroports pullulent de romans à l'eau de rose, mais pourtant, personne ne les prend au sérieux, comme personne ne prend au sérieux les gens qui aiment.

Line se sentait très seule, encombrée de cet amour pour Antoine. Il lui semblait qu'elle ne pouvait confier à personne - sans qu'on s'en moque - combien il lui remplissait le cœur, lui bouffait la tête et lui tordait les tripes. Une femme forte comme elle. Une combattante qui n'avait peur de rien ni de personne. On rirait. Allez, va, il s'en mordra les doigts, tu n'as rien perdu.

Car c'est ce qu'on dit aux filles amoureuses depuis les années soixante-dix, la décennie des *Deep Throat* et autres Valseuses, celle depuis laquelle le sexe semble avoir, et peut-être pour toujours, détrôné l'amour.

Si Line avait lu Roland Barthes, elle aurait compris. Le philosophe et essayiste avait théorisé cette solitude de l'amour-passion que Line ressentait et qui la laissait désarmée.

22

Dans « *Fragments sur le discours amoureux* », Barthes donne une double justification de cet irréductible sentiment de solitude que Line ressentait et qui la faisait tant souffrir.

D'une part, écrit Barthes, il y a lieu de faire la distinction entre l'histoire que la personne amoureuse se raconte dans sa tête - faite de chaos, de désordre et de contradictions - et l'histoire d'amour elle-même, telle que la société la présente dans la littérature romanesque et au cinéma - faite d'harmonie, de bons sentiments, même s'ils sont douloureux, et surtout d'improbables *happy ends*.

Et, quand on est amoureux, on choisit d'interpréter le mot, le geste, l'œillade de l'être aimé, mais peut-être que tout est faux, que c'est juste un film qu'on se fait dans sa tête.

Antoine l'avait appelée mon amour le premier soir. Mais plus depuis. Antoine l'appelait ma chérie. Mais il appelait tout le monde ma chérie. Antoine l'avait présentée comme sa fiancée. Mais seulement au réparateur d'air conditionné et à une de ses collègues.

Peut-être qu'il ne fallait pas croire les mots. Que tout ça n'existait pas. Qu'il n'y avait pas d'histoire d'amour. Juste un fol attachement irraisonné et non partagé. Peut-être qu'il ne l'avait pas aimée, cet Antoine, finalement.

D'autre part, avance Barthes - et le vingt-et-unième siècle semble le confirmer -, l'amour-passion, l'amour romantique est passé de mode.

S'il s'agit de fanfaronner une ixième identité sexuelle, de revendiquer pour ainsi dire tout comportement non normé, de jeter à bas tout ce qu'on croyait sur le couple, oui, aujourd'hui, la foule des intellectuels vous applaudit à tout rompre.

Pas si vous célébrez l'amour.

Le génie ne réside plus que dans la transgression. Il n'y a, pensait Barthes, plus d'auteurs pour célébrer la pureté de l'amour, ou alors, ils étaient vulgaires.

Et Line n'était pas vulgaire, mais elle aimait Antoine, comme on aime à quinze ans, comme aiment les adolescents avant d'être abimés par la vie, comme aiment les mères des parloirs des prisons, comme aimait Pénélope attendant Ulysse.

Comme aimait Werther. Elle aimait tout simplement.

Line voulait croire au couple, à la fusion de deux êtres, égaux et partenaires, qui traverseraient la vie ensemble.

Parce que la vie est bien trop courte pour changer de cheval à chaque auberge. Que renoncer aux autres pour se consacrer à la vie d'un être qui lui, de manière réciproque vous consacre la sienne, est bien la plus belle des choses ? Qu'une relation se construit.

Elle considérait avec une immense suspicion la littérature psychologisante qui promeut l'amour de soi avant celui des autres. Elle honnissait le mensonge de la prétendue dépendance affective dont il faudrait se garder absolument parce qu'il faut se suffire à soi-même, et les magazines pour jeunes filles, dérangées, qui leur prodiguent des conseils sur le choix des sex-toys avant de leur parler de la vie.

———

Était-elle bête d'être amoureuse ? Est-ce idiot d'être amoureux ?

Non. Mais puisque personne ne lui viendrait en aide, il faudrait qu'elle se "désamoure" toute seule.

Qu'elle comprenne pourquoi il était écrit qu'Antoine n'était pas son autre, - celui de la chanson de Maurane et Lara Fabian qui lui mettait le cœur au bord des larmes -, son « *better half* », sa moitié amputée impatiente d'elle dont parlait le Banquet de Platon. Qu'elle s'était trompée. Pour qu'enfin, elle guérisse et qu'elle puisse aimer à nouveau, sans retenue, sans artifice, inconditionnellement.

Il fallait, pour persuader la femme de cœur de lâcher prise, passer le gouvernail à la femme de tête.

Faire, froidement, sans les édulcorer, l'énumération des faits.

Donc, il lui avait menti. À plusieurs reprises. Il n'était pas à blâmer. Pas entièrement. Elle aurait dû s'en rendre compte immédiatement.

Avec sa formation et sa pratique des hommes, c'était impardonnable ; elle aurait dû le débusquer au premier mensonge et mettre le holà à cette histoire. Il n'y en aurait pas eu d'autres. Parce qu'il n'aurait plus été dans sa vie.

Mais il l'avait ému. Cela lui avait brouillé le cœur.

Il y a quelques semaines, Line était tombée, en ligne, sur une photo d'un groupe. Un événement charitable pour les orphelins d'Haïti.

Dans le groupe, il y avait Cynthia et sous la photo quelques commentaires dithyrambiques, et un échange, bref, mais sans ambiguïté, de messages entre cette fille et Antoine. Elle le remerciait, les mots évoquaient plus qu'un échange, un rendez-vous, peut-être deux.

Line avait soigneusement examiné la publication, la date, puis vérifié dans son propre agenda, les échanges qu'elle-même et Antoine avaient eus à cette époque. Il était patent qu'à ces dates-là, il avait disparu des radars au moins quelques heures.

En relisant à tête reposée, les messages, les explications confuses, lourdes, qu'Antoine lui avait envoyées, tout devenait lumineux. C'était un joyeux mélange d'effet Pinocchio - celui qui vous fait en faire des tonnes pour vous dépatouiller d'un mensonge -, et de manipulation : qu'est-ce que Line était petite-bourgeoise, il avait aussi besoin de respirer, parfois, on a besoin d'être seul, de ne voir personne…

Lyne connaissait Cynthia et savait qu'elle avait fait courir Antoine par intérêt. La question n'était pas s'il avait sauté Cynthia ou pas – de son propre aveu, elle le trouvait bien trop âgé et bien trop mauvais parti– mais qu'il ait cherché à le faire.

Il ne lui avait jamais dit qu'il avait revu Cynthia. Pourtant, Line lui en avait donné l'occasion. Plusieurs fois, en passant sur Biscayne boulevard, elle avait dit, tandis qu'Antoine conduisait, tiens, c'est ici que Cynthia habitait, tu sais Madame Bikini, celle grâce à laquelle on s'est rencontrés.

Il n'avait jamais rien dit.

Alors finalement, elle l'avait confronté. Il avait avoué, sans la regarder dans les yeux, qu'ils s'étaient vus, mais juste une fois, Cynthia et lui. Puis finalement, il avait avoué deux rencontres. Dans un bar. Puis, chez Cynthia. Elle l'avait invitée une première fois pour prendre un verre, puis il lui avait rendu un service, mais ils ne s'étaient rien passé entre eux. Il n'avait pas voulu parce que s'il avait voulu, il aurait pu.

Line avait ricané méchamment, elle avait rétorqué à Antoine que Cynthia n'aurait jamais voulu de lui, parce qu'elle n'avait jamais voulu de lui. Que, bien sûr, s'il avait été riche, ou jeune, Cynthia en aurait fait son jouet. Qu'il aurait été à sa merci.

Antoine avait été vexé, non seulement d'être découvert, mais surtout que Line mette en doute son pouvoir de séduction.

Bref, il lui avait menti. Et on ne cache, - hormis lorsqu'il s'agit d'organiser une surprise party -, que ses mauvaises intentions. D'ailleurs, Line, à l'époque, avait senti les choses et lui, tout ce qu'il avait fait, c'était essayer de la faire passer pour folle, insupportable, petite-bourgeoise, de prétendre qu'il avait besoin de temps pour lui. Alors que c'était pour une autre.

Il y avait aussi une autre femme qu'il avait fréquentée, brièvement avant elle. Une vilaine dont la maigreur soulignait les rides méchantes, au corps aussi sec que le cœur. Line avait dû la bloquer sur les réseaux sociaux parce qu'elle la harcelait de messages cyniques, cette persifleuse avait d'ailleurs posté sous une photo d'eux deux : « N'attends rien de lui ».

Line avait, après une longue dispute, - pourquoi est-ce que tu gardes des gens aussi négatifs dans tes contacts ? - obtenu d'Antoine qu'il en fasse de même. Mais, la vérité, c'est que ces deux-là étaient restés en contact. Cette femme avait invité Antoine, sous prétexte d'office de Nouvel An, tout en espérant le récupérer. Puisqu'il lui avait assuré que non, non cette Line de Miami n'était qu'une amie. Sans plus ! Line n'était qu'une amie…

Le verre de Margarita était vide. Line en recommanda un autre.

Elle relisait maintenant le message qu'Antoine lui avait envoyé le lendemain matin d'une de ses disparitions : « Ne t'inquiète pas, je ne le ferai plus. Pas bien, je sais. Pas beau, vilain garçon » noyé d'une dizaine d'émoticônes contradictoires.

Elle avait répondu « Ahahaha » parce qu'il n'y avait rien à répondre.

Elle repensa au verre de champagne qu'il avait offert à cette cliente qu'il fallait absolument qu'il lui présente et qu'il ne lui avait jamais présentée, aux masseuses, aux clubs.

La question n'était pas de savoir s'il l'avait effectivement trompée. Ce qui était évident, c'est qu'il avait absolument essayé de le faire. Et qu'il n'ait pas réussi le rendait probablement plus pathétique.

Line lui avait dit « quelle chance qu'on se soit rencontrés ». Mais ils s'étaient juste croisés, Antoine et elle. Elle l'avait toujours su sans doute. Elle avait eu tort d'y croire.

Il fallait se rendre à l'évidence, Antoine se rêvait toujours hidalgo et il ne pouvait tomber amoureux que d'icônes inaccessibles parce qu'elles lui épargnaient l'engagement que requiert l'amour véritable. Il n'était pas pour elle, car il n'était pour personne.

———

Il était, sans doute pour toujours, un adolescent turgescent et tourmenté coincé dans un corps d'adulte.

Il n'avait pas choisi Line. Line, c'était le destin. Et les adolescents ne comprennent rien au destin.

Line

Évidemment, la vieille dame exigeait que sa mort soit ordonnée comme sa vie. Il ne fallait pas de désordre, il n'y avait pas de place pour l'imprévu. Il était impératif que tout soit décidé, réglé comme du papier à musique, jusque dans les moindres détails.

Alors, elle avait entrepris de se débarrasser de tout ce qu'elle avait accumulé.

D'abord de ses souvenirs, des objets auxquels elle tenait le plus, pour que plus rien ne la retienne.

Elle en avait fait don à des collègues, à des voisins de palier. À tout un chacun qui, lorsqu'il était surpris de recevoir un vase en cristal, un bibelot ou un livre, s'entendait dire qu'elle avait oublié de leur souhaiter un anniversaire. Alors qu'elle ne leur avait, jusque-là, jamais souhaité. Ou bien encore qu'elle « désencombrait » en vue d'un déménagement prochain.

Elle n'avait gardé qu'un pendentif, qu'elle avait autour du cou depuis la nuit des temps : il ressemblait à la lettre grecque π, comme l'infini. Mais en hébreu, le signe, qui se lisait Haï signifiait la vie. Une vie jusqu'à l'infini. Celui-là, elle le garderait jusqu'à l'heure du passage de vie à trépas.

Puis, ses papiers de famille et les photos de ses parents, elle les avait expédiés, sous le prétexte qu'ils lui seraient plus utiles qu'à elle, à un cousin de province qui se piquait de faire de la généalogie.

Enfin, son appartement, dépouillé de ses bibelots, photogénique et extraordinairement impeccable, avait été mis en vente et, en moins de trois mois, il avait été liquidé.

Elle avait fait emporter par L'Armée du Salut les quelques meubles dont les acquéreurs n'avaient pas voulu. Et la vieille dame, en remettant les clefs au jeune couple qui envahissait ses pénates, avait soupiré d'aise en voyant l'accumulation de leurs cartons dépareillés et de leurs caisses à bananes sur ce qui n'était déjà plus son seuil.

Ouf, elle ne serait plus là pour voir le bordel qu'ils mettraient dans son appartement. Tant mieux. Cela lui aurait fait mal au cœur.

Le suicide était décidément une excellente idée.

XII

Il s'était garé tout contre la haie, elle avait eu un peu de mal à sortir de la voiture.

Non pas qu'il n'y eut pas la place. Mais elle n'avait pas voulu égratigner la portière en la poussant contre la haie, dont, dans l'obscurité naissante, elle évaluait mal la - plus que probable - nature épineuse.

Au loin, le cri d'un paon la fit sursauter. Et ce cri, Line le prit comme un avertissement.

En marchant vers la maison, Antoine et Line avaient chacun à la main une bouteille de champagne.

C'était le sésame. Une bouteille de champagne par personne. Ce n'était écrit nulle part. Cela n'avait même jamais été dit à voix haute. Il suffisait simplement d'être venu une fois les mains chargées d'autres cadeaux, quels qu'ils fussent et quel qu'en fût le prix, pour se rendre à l'évidence : venir sans champagne, c'était carrément venir les mains vides. Car il n'y avait qu'un cadeau qui soit acceptable chez ces gens : la bouteille de champagne. Dans le patio, près de la piscine, il y avait donc sur la table autant de bouteilles que d'invités, et, de semaine en semaine, une surenchère de marques et de millésimes.

Encore, et très brièvement, à jeun, le maître de maison débouchait, avec moult simagrées, d'abord sa bouteille, et la faisait goûter.

Puis, on ouvrait celle qui semblait la plus chère et la moins conventionnelle, et ainsi de suite, decrescendo, pour finir par l'ordinaire Moët.

Sur la table basse, il y avait invariablement un excellent bloc de foie gras, du beurre d'Isigny et un fromage coulant. Un panier plein de quignons de pain et une assiette de crackers complétaient le tableau.

Il s'agissait, au milieu des moustiques, sous les lichens moussus de Coral Gables, d'affirmer la pérennité de la civilisation.

En entrant dans le jardin, Antoine lâcha la main de Line. Elle le savait, pour en avoir pleuré dans son lit après leur première visite chez ces drôles d'amis : en franchissant le portillon, elle perdrait Antoine jusqu'à l'heure du départ.

Pourtant, lors de cette première visite, tout avait merveilleusement commencé. Et même, entre l'apéro et le dîner, lorsqu'ils avaient traversé le salon, Antoine et Line s'étaient embrassés tendrement. Sans s'embarrasser de prétendues convenances. Avant que l'étrange étiquette qui régnait dans cette maison ne les sépare au moment de passer à table. Et que les problèmes commencent.

Car oui, dès qu'ils avaient été séparés, il l'avait laissée seule. Pas seulement physiquement : il l'avait abandonnée à son sort, il ne l'avait pas défendue. Il n'avait pas dit : Charles, ça suffit !
Line aurait rêvé qu'il se lève, jette sa serviette sur la table dans un geste théâtral, la prenne par le bras et lui susurre à l'oreille : viens, ma chérie, nous partons !

———

34

Mais il n'avait rien fait, rien dit. Ni pour prendre sa défense, ni même ce qui lui semblait rétrospectivement encore plus abominable pour s'insurger contre les divagations de Charles.

Antoine s'était complu dans une espèce de mollesse gluante faite de gloussements et d'interjections. Puis, il s'était tout simplement tu.

Alors cette fois-ci, au moment précis où il lui lâcha la main, Line se demanda ce qu'elle faisait là. Puis, elle se rassura en se disant qu'il était pire d'y laisser Antoine seul. De toute façon, ils étaient venus ensemble, elle ne pouvait pas faire demi-tour.

Les hommes autour de la piscine avaient de vieilles épouses, de celles à qui l'on dit que le naturel leur va si bien pour qu'aucun autre ne les convoite - tes cheveux gris, c'est si classe, ne mets pas de talons, j'adore tellement tes ballerines Chanel, c'est tellement distingué. Et de jeunes maîtresses, aux chevelures denses et flamboyantes et au mollet délicieux auquel le talon d'une chaussure hors de prix donnait une cambrure irrésistible. Celles qu'ils rejoindraient demain sous prétexte de golf.

Antoine n'avait pas de maîtresse, non pas qu'il n'aurait pas voulu, mais il n'était pas très riche et pas suffisamment beau pour susciter, auprès de la faune locale, des faveurs qui soient désintéressées. Ce n'était sans doute pas par conviction qu'il était fidèle à Line, mais – elle commençait à en être consciente - par manque d'opportunités.

Ou lorsqu'elles se présentaient - une shampouineuse russe sans papiers, une strip-teaseuse sympathique qui avait l'âge d'être sa fille – Antoine était trop effrayé des conséquences que pour décider de s'encombrer de ces profils atypiques.

Comme Line s'y attendait, Antoine, après lui avoir lâché la main, s'était assis loin d'elle. Il s'agissait de faire corps avec les mâles, de montrer qu'il était, comme eux, libre de ses faits et gestes.

Comme si la tendresse, l'affichage de leur proximité à Line et lui, pourtant tellement réelle, avait été obscène. Barthes disait que ce qui parait obscène dans le discours amoureux aujourd'hui, ce n'est pas la sexualité, c'est la sentimentalité, devenue, par un étrange renversement de valeurs, une espèce de tabou.

Avait-il peur de paraître bête, de paraître fou, de cette folie sage et si douce qui réunit les âmes-sœurs ? La sentimentalité lui semblait sans doute trop difficile à assumer dans ce Miami accroc aux folies transgressives.

Les hommes parlaient de golf : de drive, de put et de trous. De scores et de leur parcours. Tu vas au golf demain ? Et puis, ils gloussaient grossièrement.

Oh, ils allaient bien au golf évidemment, ils y resteraient une heure, puis il y aurait la pause à la buvette pendant une heure supplémentaire, et enfin, ils rentreraient chez eux. Sans avoir oublié le dernier trou, - le lit d'une petite Sud-Américaine -, qui clôturait leur parcours.

L'utilisation de ce langage codé, qui les faisait jubiler en toute impunité devant leurs convives, leur donnait pratiquement la trique. En tout cas une poussée d'adrénaline supplémentaire qui les aurait presque conduits à honorer leurs épouses, la nuit venue, s'ils n'avaient pas systématiquement été trop saouls.

Dans ce groupe, il n'y avait qu'un homme que Line considérait avec respect, Tom. Il venait toujours accompagné de son épouse, une quinquagénaire robuste et bouclée, qu'il traitait comme une Reine de Sabbat. Il disait peu de choses, mais quand il regardait sa femme, on sentait son importance. Tom et sa femme ne venaient pas toujours et, quand ils venaient, ils partaient prudemment toujours les premiers. Ils étaient plus riches que le reste du groupe et les autres essayaient sans cesse de leur proposer des idées d'association aussi farfelues qu'intéressées.

Soucieux de ne pas se couper d'un investisseur potentiel, les hommes courbaient donc l'échine quand Tom assenait l'une ou l'autre vérité pour mettre fin à une discussion qui n'en était pas une.

Ce soir-là, comme à leur habitude, les gens raisonnables étaient partis les premiers. On n'en était qu'à la dixième bouteille de champagne, et on était revenu, les bras chargés de bouteilles qui ne demandaient qu'à être débouchées, au bord de la piscine sous les myriades d'étoiles et de moustiques.

Tout le groupe avait bien entendu, entre temps, fait la traditionnelle pause à la salle à manger.

Celle du repas frugal, composé de mets de traiteur réchauffés et de salade à la sauce grand-genre, arrosé d'une demi-douzaine de bouteilles de vins, mais cette fois-ci les hommes n'avaient pas dérapé. Du moins, pas à table.

- J'espère que vous avez mis vos maillots, avait soudain dit Charles.
- Non, absolument pas, avait répondu Line. Il est hors de question que je nage.
- Non, non, avait surenchéri doucement Antoine. On va bientôt partir de toute façon.

Déjà, un couple s'était glissé dans l'eau. D'autres se déshabillaient en riant. Une sexagénaire aux seins ptôsés et à la mine rougeaude venait de se jeter dans l'eau en petite culotte à fleurs. Il était temps de battre en retraite.

Splatch ! Line venait de poser son verre de champagne, et voilà qu'un grand splash la fit se retourner. Antoine avait été jeté à l'eau. Et avant de réaliser quoi que ce soit, Line, elle aussi, se retrouva violemment empoignée et balancée à l'eau. Tout habillée.

Après le contact dur et blessant, l'eau, sous la surface, était douce et chaude, et instinctivement, Line ferma les yeux, choisissant de se laissant flotter, comme morte. Elle allait savourer, loin du monde et de sa folie, ces cours instants jusqu'à ce qu'elle remonte. Demain, elle aurait une otite. Elle le savait, elle était sensible des oreilles. Elle souffrirait trois semaines. Purée ! Pour rien.

En émergeant, elle avait ouvert les yeux et elle les avait vu, hilares, Antoine y compris. Il était sorti de l'eau, il s'épongeait. Et voilà, qu'à nouveau, sans ménagement, on le poussait à l'eau.

Line avait monté les marches pour sortir de la piscine. Pourtant, à peine arrivée à la troisième, Charles l'avait encore empoignée. Mais cette fois, Line avait décidé de s'agripper à lui pour l'entraîner dans sa chute.

Ils étaient tous les deux dans l'eau maintenant et Line se débattait pour que Charles lâche prise. Elle sentait, quand il la tenait sous l'eau, ses mains baladeuses explorer tous les recoins de sa chair.

Que fallait-il faire ? Se dégager, sortir de l'eau avec la certitude de s'y faire jeter à nouveau ? Ou essayer de l'enfoncer, lui, dans l'eau. Elle ne gagnerait pas. Juste, elle pourrait fatiguer la bête, elle lui prouverait qu'elle était forte, qu'elle ne se laisserait pas faire. Alors, elle avait choisi la lutte et entreprit de lui coincer la tête sous l'eau. Le combat avait duré quelques minutes, personne n'avait vraiment gagné.

Mais Charles, effectivement fatigué, s'était calmé.

Line, arborant un sourire convenu, évalua rapidement la situation : Antoine ne la défendrait pas et si elle sortait de l'eau, elle y serait jetée à nouveau. Sans ménagement. Au risque de se blesser. Ces gens étaient saouls, plus saouls qu'elle ne le serait jamais.

Le mieux était de se faire oublier jusqu'à ce que cette folie finisse. Line était partie s'adosser au mur de mosaïques, dans la partie la plus profonde de la piscine, et elle avait écarté les bras, tel un Christ en croix, pour se cramponner, de chaque côté à la margelle.

Charles était bien sûr revenu à l'abordage, essayant de l'arracher à sa margelle.

Mais elle avait résisté, feignant de rire - parce qu'elle ne pouvait pas hurler - de ses grosses mains sur ses hanches, et il avait abandonné. Line avait regardé autour d'elle, pour évaluer ce qu'il restait d'humain dans ce jardin, et mais elle n'avait vu chez Geneviève qu'un regard glacial posé sur elle.

Alors, Geneviève décréta qu'il était deux heures du matin, qu'il n'y avait plus de serviettes de bain sèches. Elle siffla la fin de la récréation et tout le monde partit dormir.

Line

Une fois l'argent de l'appartement encaissé, la vieille dame avait pris un mois de vacances dans un joli hôtel cinq étoiles, tout entouré de palmiers, au bord de l'eau. C'était l'arrière-saison, les familles avec enfants retournaient vers la ville et les prix redevenaient raisonnables.

C'était la première fois de sa vie qu'elle prenait des vacances, des vraies. De toute façon, il fallait dépenser cet argent dont bientôt elle n'aurait plus besoin. Le soleil, si bas sur la baie qu'il faisait des rides sur l'eau, lui faisait plisser les paupières, tandis qu'elle méditait assise face au couchant.

Enfin dégagée de toutes les obligations du monde, elle se surprenait à réfléchir avec une fulgurance qu'elle n'avait plus connue depuis longtemps, les yeux fermés, toute baignée des doux rayons de l'astre.

Il s'agissait, maintenant que plus rien ne la retenait ici-bas, de remplir ses poumons de cet air vivifiant, de s'imprégner tout entière de la beauté du monde et de peaufiner son plan pour le quitter.

Elle avait ouvert les yeux, tourné la tête, et sur la pointe, là-bas, très loin, elle avait vu les gratte-ciel de SoFi.

Dans la nuit rose et orangée qui tombait, ils semblaient, comme une échelle de Jacob, relier la terre au ciel. Alors, elle avait souri, satisfaite.

La vieille dame venait de trouver comment se suicider.

XI

Deux gros rats bien gras se battaient derrière la baie vitrée. Ils sautillaient comme des kangourous miniatures, brandissant leurs petits poings, se mordant le nez et s'entremêlant dans la poussière. Line les contemplait en silence.

Après avoir longuement alcoolisé leurs convives dans le patio infesté de maringouins, Geneviève et Charles les avaient en effet invités à passer à table dans la salle à manger. Avec une affectation inutile qui avait rappelé à Line les dîners de famille que sa grand-mère organisait au siècle dernier.

Geneviève et Charles s'étaient assis chacun à un bout de la longue table et ils avaient invité leurs convives à prendre place, qui à sa gauche, qui à sa droite. Ils avaient, dans leur plan de table, alterné hommes et femmes, - les décalant pour que les conjoints ne se fassent pas face -, respectant ainsi une étiquette obsolète qui semblait avoir été conçue pour favoriser les aventures extra-conjugales.

Le maître de maison avait attribué à Line, d'un geste ample de sa main gauche, un siège juste à côté de lui.

D'où elle était assise, le regard de Line embrassait toute la table, les convives, la maîtresse de maison et derrière celle-ci, une immense baie vitrée qui allait du sol au plafond : Line y avait tout de suite repéré les deux bestioles qui se pourchassaient au sol derrière la vitre.

La maîtresse de maison présidait, hiératique à son bout de la table, inconsciente de ce qui se tramait dans son dos. Et le contraste entre les deux était, pensa Line, du plus grand effet comique.

L'hôtesse avait des airs de Stéphane Audran et, oui, on était bien dans un de ces films français étranges et ennuyeux de la nouvelle vague.

Dans les assiettes dorées à l'or fin, il y avait des quiches réchauffées et de la salade.

- C'est tellement plus agréable de passer du temps avec vous qu'en cuisine, donc j'ai préféré faire simple, s'était excusée Geneviève.

Cette frugalité, qui contrastait de manière patente avec l'excellent foie gras arrosé d'une douzaine de bouteilles de champagne et d'un bon millier de moustiques tout à l'heure sur la terrasse, limitait la conversation. Il est inimaginable de demander la recette d'une quiche quand elle est probablement achetée chez un traiteur. À la rigueur l'adresse. Ce qui peut s'avérer embarrassant si elle vient d'une enseigne de surgelés. Mais heureusement, ou malheureusement, il n'existait pas de magasin Picard à Coral Gables, ce qui laissait présumer qu'elle avait été achetée fraîche et qu'elle avait dû, forcément, coûter cher, puisque la culture du poireau n'est pas une spécialité tropicale.

À défaut de quiche, on parla un peu de baguette, qu'elle n'était pas si mal celle-ci - vous l'avez achetée où ? - parce que comme c'est difficile d'en trouver une bonne à Miami. L'avis sur le pain étant unanimement partagé, le sujet tourna vite court.

Quant à la salade, c'était de la salade. En sachet, vraisemblablement. Agrémentée, comme c'est la mode, d'un peu de tout et surtout de n'importe quoi, histoire de lui donner du croquant, de la couleur et l'apparence du fait-maison.

Les échanges sur les qualités nutritives respectives des graines germées et des noix de cajou ayant, après quelques minutes, fait long feu, on décida enfin de s'intéresser à la composition de la vinaigrette.

Le choix de l'huile - avocat, pépin de raisin, olive, oui, mais seulement première pression à froid, comme s'il en existait encore d'autres dans le monde occidental - occupa les convives un bon quart d'heure.

Les vertus de l'olive conduisirent à parler de la Méditerranée si lointaine, des bateaux de migrants, du grand méchant Soros et évidemment de politique.

Les hommes étaient rapidement partis dans des considérations vaseuses, le dîner, si loin de l'Hexagone, devenait national. Les femmes acquiesçaient mollement juste pour faire mourir plus vite cette conversation scabreuse.

Le décalage entre les femmes et ce qui leur tenait lieu de maris devenait évident. Mais plus que tout, ce qui était criant, c'était le fossé culturel entre ces couples qui n'avaient en commun que l'huile d'olive, la baguette et le passeport.

C'est là, pensa Line en fixant toujours les rats en joute derrière la maîtresse de maison, le côté extraordinaire de l'expatriation de ces gens : elle rassemble des individus qui n'ont rien en commun, sinon la langue, et qui, s'ils étaient restés chez eux, ne se seraient jamais adressé la parole.

Line entendait dans les accents et les tons des convives se mêler le phrasé de la petite noblesse de province à la gouaille des descendants de tribuns - les ancêtres des premiers avaient dû être raccourcis par les seconds, mais visiblement, sous ces latitudes, ils ne s'en tenaient pas rigueur. Les argumentaires articulés de la Sorbonne étaient ponctués de poncifs de bistrot et de rires convenus et disgracieux.

Le maître de céans, Charles, à côté de Line, ne disait pas grand-chose depuis quelques minutes. Line avait maintenant quitté les rats des yeux : elle regardait Antoine et Antoine la regardait. Et Charles les vit se regarder.

Était-ce le Roederer, ou l'huile d'olive, Charles tout à coup, dérapa : "Alors Line, dit-il avec un sourire convenu et l'œil visiblement torve, tu prendras bien un peu de fromage ? Tu es une gourmande, je le vois bien. À ta bouche, je le devine. Oui, toi, c'est à toi que je parle, avec une bouche pareille, je parie que tu dois bien sucer. Antoine ne doit pas s'ennuyer."

Line n'avait pas répondu, elle avait saisi le couteau à fromage. Mais elle ne l'avait pas planté dans le cœur de Charles - le bout du couteau était rond, cela n'aurait servi à rien sinon à salir sa chemise -, et elle s'était servie un morceau de cheddar, le sourire imperturbable.

Charles avait dû penser qu'il n'était sans doute pas allé assez loin pour que Line réagisse, alors il avait poursuivi sa glissade : "Et une petite sodomie de temps en temps ?"

- Pourquoi Charles ? Tu aimes te faire enculer ? Line avait été cinglante, inattendue et impeccable. Elle avait gardé son sourire et, des yeux, elle fixait Antoine de l'autre côté de la table. Lui, comme saisi, ne disait rien.

Il y eut, dans la salle à manger, un brouhaha de chaises qu'on écarte précipitamment, et qui fit fuir les rats.

- Je vais fumer une cigarette lança une certaine Jeannine qui depuis le début du repas ne parlait que de son obsession pour la nourriture bio et de l'importance d'une vie saine.

- Je t'accompagne avait dit sobrement Geneviève, le visage fermé.

Les femmes avaient battu en retraite, sous prétexte de cigarettes. À table, il restait cinq hommes et Line.

Charles devait être suffisamment cultivé, pensa Line, pour avoir choisi de la placer à dessein à sa gauche : la « main gauche », comme le recueil de nouvelles de Maupassant, c'était bien le titre dont on affublait autrefois les maîtresses. Line en avait déduit que la place à table que Charles lui avait assignée attestait de son appétence pour sa chair ronde et de la parfaite méconnaissance de son esprit pointu. De l'étroitesse de ses connaissances aussi : il devait ignorer que dans les jeux vidéo, la main gauche, c'était surtout le nom d'une redoutable lame. Tranchante. Mortelle.

La joute avait continué : Charles avait attaqué les Juifs, la franc-maçonnerie, les artistes et le monde de la finance.

Pendant la demi-heure qui suivit, Line avait tenu brillamment tête, bataillant pied à pied, et sans désemparer, à toute nouvelle tentative de dérapage.

Charles avait essayé encore un peu de l'entraîner sur le terrain du cul. Mais Line avait tenu bon, recadrant, corrigeant, polissant le discours, arborant toujours l'énigmatique sourire de la Joconde, damnant le pion au rustre et à ses acolytes jusqu'à ce que finalement, tous sans exception, se taisent.

Alors, sans doute proche de ce seuil dépressif de l'éthylisme quand il atteint son paroxysme, Charles s'était dit qu'il était l'heure d'un petit remontant. Et il avait proposé un merveilleux cognac qui avait mis tout le monde d'accord.

Entretemps, les femmes étaient revenues et s'étaient servi de petits verres de Limoncello.

Line avait accepté le cognac. Il était puissant, fort, charpenté, mais à côté de ce qu'elle venait de goûter, il lui sembla aussi léger qu'un rosé pamplemousse siroté en terrasse un jour de brise printanière.

Elle chercha les rats des yeux, mais ils avaient disparu. Alors, elle croisa le regard d'Antoine, qui jusque-là n'avait rien dit, et elle vit dans ce regard qu'il était fier d'elle.

Line

Quand je l'ai rencontrée, elle était gaie et bronzée, vive et exigeante. Elle était en vacances, pas loin, mais elle voulait être sûre que l'assurance obsèques qu'elle avait souscrite prenne bien en charge ses funérailles. L'idée qu'on dispose de son corps la mettait mal à l'aise, il faudrait qu'il soit traité comme elle le voulait, et que sa dépouille disparaisse conformément à ses vœux. Le service religieux, elle s'en foutait, elle tirerait son plan avec Dieu, il lui pardonnerait.

De toute façon, il n'y aurait personne pour assister à un quelconque office. Elle n'avait pas de famille proche. Pas d'amis ? Non, juste des collègues,
  - Je suis sûre qu'ils m'ont déjà oubliée.
L'essentiel était qu'il n'y ait pas de délai de carence retardant ou empêchant le paiement du capital aux pompes funèbres, car elle venait tout juste de souscrire cette assurance-obsèques, me disait-elle. On ne sait jamais, vous savez, dans l'hypothèse d'un décès rapproché, il vaut mieux s'informer, non ? Elle voulait mon avis.

La voyant si vive à s'inquiéter de sa mort, j'avais sorti une platitude rassurante qui m'évitait de lire les petits caractères du contrat qu'elle me tendait : de toute façon, vous avez le temps, lui avais-je dit. Elle avait réagi, piquée au vif !
  - J'ai une maladie dégénérative.

- Dégénérative ? Donc, vous ne mourrez pas avant des années. J'avais esquissé un sourire qui se voulait compatissant, mais qui avait semblé l'énerver.

- Ce vendredi 13, m'avait répondu la vieille dame du tac au tac.

- Ce vendredi 13 ?

Alors, elle m'avait regardée droit dans les yeux et voyant mon désarroi, elle avait arboré un sourire ravi.

- Oui, ce vendredi 13. À dix heures exactement.

X

L'eau de la baie n'était d'un jour à l'autre jamais la même, virant d'un bleu tropical apaisé, où dansaient les poissons, à un bleu sombre tirant au noir, ourlé de vagues moussues. Les bateaux, en passant, créaient un ressac qui faisait tressauter le ponton.

Presque tous les soirs, ils s'asseyaient face à la baie, contemplant le soleil qui se couchait sur l'horizon et les roses extraordinaires de ses rayons mourants. Ils se tenaient par la main, leurs doigts entrecroisés — tout le voisinage les appelait les amoureux - , et lui, Antoine, serrait son bras contre le sien, posant la paume de son autre main sur l'avant-bras de Line comme pour la garder prisonnière.

Antoine avait sa place attitrée, il s'y asseyait les yeux clos, face au soleil qui lui rongeait la face et lui creusait ses rides, mais à son sourire épanoui, on pouvait lire le bonheur qu'il éprouvait à se laisser ainsi dévorer par l'astre du jour.

Line se collait contre le parasol branlant dont elle arrangeait l'orientation pour qu'il la laisse dans l'ombre, tandis qu'Antoine resterait dans la lumière.

Il y avait souvent sur le ponton voisin une mère et son fils qui pêchaient. Des gens simples qui mangeraient ce soir leur prise modeste grillée sur le barbecue communautaire, tandis que dans les maisons d'en face, les bouchons de champagne sauteraient sans qu'on ne les compte.

Une fois, Line avait vu un voisin attraper un petit requin, il avait lutté longtemps, le requin avait gagné. La ligne s'était brisée et Line avait souri.

De petits yachts passaient régulièrement, inondés de rap bruyant et de passagers aux tenues improbables et aux chaînes en or.

Quelques jet-skis de touristes perdus qui allaient souvent trop vite sans égards pour les lamantins dont ils ignoraient probablement l'existence.

Le soir venu, juste avant que l'obscurité n'endorme tout, on voyait passer un groupe de quatre dauphins qui faisaient onduler l'eau en riant.

Line et Antoine rentraient, et après un tendre baiser, et quelques fois par semaine, une étreinte passionnée qui déplaçait le lit jusqu'au milieu de la pièce, ils s'endormaient sur le petit matelas étroit, tandis que, dehors, les éclairs d'orages secs zébraient le ciel.

Antoine avait connu les lits « *King Size* », et il en pensait le plus grand mal. Il pensait qu'ils séparaient les couples. Qu'à force d'avoir le confort de ne pas toucher l'autre, on en prenait l'habitude, et qu'en conséquence, s'approcher de l'autre devenait un effort dont l'autre devinait le sens, - il vous voyait venir avec vos gros sabots et vos mains baladeuses.

L'autre pouvait vous arrêter d'un mot, d'un regard, vous interdire d'envahir son espace personnel, si bien qu'à la longue, de peur de vous faire rabrouer, vous ne vous approchiez plus, vous ne vous touchiez plus. Ni le corps ni l'âme.

———

Alors, vos horaires et vos centres d'intérêts divergeaient et il devenait plus simple de faire chambre à part. Ce qui menait autrefois à de petits arrangements scabreux de plus ou moins longue durée - où chacun partait chercher ailleurs l'excitation des sens que son conjoint ne lui procurait plus -, et dans la société contemporaine, irrémédiablement au divorce.

Line avait acquiescé. Elle aimait la chaleur et la tendresse des proximités contraintes. Elle aimait qu'avant qu'elle ne s'endorme, tous les soirs, Antoine l'embrasse une dernière fois. Elle savait qu'on n'est jamais sûr de se réveiller, que la vie est courte, que le destin peut frapper. Que, même si elle ne faisait dans le fond rien de mal, - son travail ne consistait-il pas à abréger les souffrances, mais aussi à libérer le monde de ses monstres ? -, elle pourrait ne pas se réveiller. Il ne fallait jamais s'endormir fâché, les nuits sont des voyages tellement terribles qu'il valait mieux y pénétrer apaisé.

Le jour, il partait voir ses clients et elle appelait ses clientes, les rassurait – oui, je m'en occupe, ne vous en faites pas, le cauchemar sera bientôt fini, ne pleurez plus -, peaufinait ses prochains objectifs, les réduisant à ceux qu'il fallait absolument terminer parce qu'elle ne voulait pas s'éloigner trop longtemps d'Antoine.

Elle cuisinait, d'une façon qui lui rappelait sa mère disait Antoine, sans que Line sache vraiment s'il s'agissait d'un compliment. Il faisait les courses, et elle le laissait y aller seul, croyant que cela lui faisait plaisir, ce temps qu'elle lui laissait, juste à lui.

Le matin, la maison sentait le café et les tartines grillées. Ils consacraient au moins une heure au petit-déjeuner, écoutant les nouvelles du monde, discutant longtemps de politique et, déjà, du menu du déjeuner.

Puis, il partait se doucher et paradait ensuite un long moment avant de partir travailler, juste cinglé de sa serviette de bain, tel, Line aimait le répéter, un sénateur romain au sortir des thermes. Un empereur, même, puisqu'il en avait le prénom. Mais Line ne serait pas Cléopâtre, et entre eux, il n'y aurait jamais de mer qui puisse les séparer, puisqu'ils resteraient assis côte à côte jusqu'à la fin des temps.

Line aimait plus que tout ces moments où le présent avait, pendant quelques minutes, des airs d'éternité.

Elle lui coupait les cheveux, pas trop courts, devant le miroir, suivant ses instructions, mais toujours en laissant dans la nuque suffisamment de longueur pour pouvoir le saisir par la crinière lorsque la nuit viendrait et qu'elle l'attirerait vers elle.

Les jours, les semaines et les mois passaient et il semblait chaque jour davantage qu'il n'y eût aucun motif pour que cela finisse un jour. Que les années et les rides viendraient, les enfants, les petits-enfants, et qu'ils n'auraient bientôt plus d'autres souvenirs mémorables que ceux qu'ils auraient en commun. Que l'appartement qu'Antoine s'était acheté resterait vide.

Cela ressemblait au bonheur et on ne fuit pas le bonheur.

Line

Le plus difficile, m'avait avoué la vieille dame qui voulait se suicider, avait été de trouver le lieu.

Il fallait qu'il soit au moins au trentième étage et qu'il ait un balcon ou une terrasse en surplomb. Elle les avait tous visités, les studios à la pointe de l'île, tous ceux qui figuraient sur la fameuse liste immobilière qu'on désigne par l'acronyme MLS, et ce qu'ils soient à vendre ou à louer.

Cela n'avait pas été sans mal. Tous des idiots ces agents immobiliers. Quand ils ne postposaient pas leurs rendez-vous à la dernière minute, ils l'énervaient avec des considérations dont elle se fichait - comme les électroménagers de la cuisine équipée ou l'agencement de la salle de bains. Ou encore les conditions d'accès à la piscine, comme si elle était venue pour faire des longueurs ! Elle voulait sauter, mais pas dans l'eau. Et pour cela, il lui fallait un balcon, ou une terrasse en hauteur. Pas un plongeoir.

La vieille dame se foutait de tout ce que la résidence avait à offrir, cela ne lui ferait pas grand usage. En fait, elle ne comptait rien utiliser du tout. Elle avait failli perdre l'agent immobilier qu'elle s'était choisi, parce qu'elle s'était énervée sans qu'il ne soupçonne pourquoi.

Surtout, quand il lui avait présenté des biens sans balcon, prétextant qu'avec le bruit et le vent qu'il y a souvent sur ces terrasses et balcons à si haute altitude, elle n'en tirerait aucun bénéfice. Que seule importait la vue dégagée sur le chenal et la mer, d'autant que le jardin de la résidence offrait de si belles promenades et que les transats de la piscine venaient d'être changés et les nouveaux étaient tellement confortables... Toutes choses qui rendaient un balcon superflu.

Elle avait failli le virer, mais elle s'était calmée : il s'agissait de ne pas foutre son plan par terre en se faisant griller. Il ne fallait pas que l'agent immobilier soupçonne quoi que ce soit. Qui sait ? Il aurait pu prévenir les autorités ? La faire interner ?

Bien sûr, le jardin était magnifique et évidemment que ce serait bien de s'y prélasser dans les jolis transats. Mais, voyez-vous, Monsieur, il lui fallait absolument une terrasse comme dans ces jolis *penthouses*, ou un petit bout de balcon, quelque chose d'où se pencher pour voir cette jolie vue. S'en emplir les poumons.

Le vent ? Elle n'avait pas peur qu'il la décoiffe, avait-elle souri, en passant la main dans ses bouclettes permanentées grises aux reflets bleutés. Quant au bruit, elle s'en fichait, puisqu'elle n'entendait plus très bien de toute façon.

À chaque visite de studio, elle allait donc d'abord vers le balcon ou la terrasse et, sous les yeux de l'agent immobilier ahuri, elle se penchait.

Son tout petit corps en appui sur la pointe des pieds, pour voir ce qu'il y avait en contre-bas : il fallait une surface qui soit dure, mais dégagée.

———

Je ne voudrais pas que quelqu'un soit blessé par ma faute si je laissais tomber, je ne sais pas, par exemple, une tasse de thé, avait-elle dit à l'agent immobilier.

D'aussi haut, cela pourrait tuer quelqu'un, n'est-ce pas ?

IX ou la parabole du homard

Elle avait utilisé une règle - comme l'aurait fait un majordome d'avant la Grande Guerre quand il s'agissait de dresser la table d'un milord -, pour poser, au millimètre près, son coupe-papier, ses feutres, ses crayons, ses gommes et ses grigris sur le bureau.

Il arriverait tout de suite, et il fallait, même si le lieu avait changé, que tout soit à sa place. Il se prétendait maniaque, elle savait qu'il ne l'était pas. Elle pressentait que cet ordonnancement extérieur auquel il prétendait tellement tenir, n'était qu'une carapace à un fouillis intérieur qui l'effrayait sans doute.

Avant le déménagement, elle lui avait envoyé une vidéo du rabbin Abraham Twerski sur la parabole du homard. C'est étonnant un rabbin hassidique qui parle de homard. Ce n'est pas casher, le homard, alors oui, c'était étonnant, vraiment, qu'il s'y intéresse.

Mais chaque créature a une place unique dans l'univers, et peut-être, en fait, que le créateur y avait mis le homard, non pour être ébouillanté les jours de ripailles et finir tartiné de beurre ou de mayonnaise, mais pour qu'il illustre la parabole d'un sage homme.

Twerski expliquait que, quand il grandit - parce que sa carapace ne grandit pas -, le homard, lorsqu'il se sent à l'étroit, inconfortable, se met sous un rocher, à l'abri des prédateurs, se débarrasse de sa carapace et en produit une nouvelle.

Et ainsi de suite, tout au long de sa vie. Et que le stimulus pour que le homard grandisse, c'est l'inconfort.

Si les homards avaient des docteurs, ils ne grandiraient jamais, on leur filerait un Xanax et ils seraient prisonniers d'eux-mêmes et pour toujours, ils resteraient petits, tout petits, minuscules.

Comme les homards, pour grandir, nous les humains, nous devons passer par cet abandon de notre carapace de certitudes et nous mettre à nu, accepter d'être vulnérable, temporairement au moins, le temps de grandir.

Et pour cacher nos chairs molles et fragiles, le temps de la mue, le temps de nous régénérer, le temps de nous faire un nouvel exosquelette, pour nous protéger du monde et de ses requins, il nous faut faire confiance à un rocher.

Elle avait mis, en commentaire, je serai ce rocher. Elle n'était pas sûre qu'il avait compris.

Alors, en déménageant son bureau, elle avait tout fait pour le protéger. Avant d'y toucher, elle avait pris en photo sa table de travail, ce qui était posé dessus, la distance de la chaise, les objets environnants, la corbeille à papier, l'imprimante.

Elle avait tout emballé elle-même et tout réinstallé au millimètre près, dans la nouvelle chambre. Jusqu'aux cadres des murs.

Il rentrerait bientôt du travail, dans ce nouveau lieu, qu'ils partageraient, mais elle savait qu'après avoir poussé la porte de cette maison quasiment inconnue, franchi le seuil de cette chambre toute neuve, dans ce chez elle qui devenait chez eux, il retrouverait un environnement connu, rassurant, millimétré.

Est-ce qu'il avait choisi d'être ici ? Elle n'en était pas sûre. Mais peut-être que oui finalement.

Rien ne s'était passé comme prévu. Antoine s'était pourtant acheté un appartement pour y vivre seul. Trop loin, cet appartement, avait regretté Line ! Trop loin pour qu'ils puissent se rejoindre à pied comme ils le faisaient avant, tous les deux. Quand le soir venu, avant qu'il soit chassé de sa location, ils se rendaient visite de manière presqu'impromptue. Il lui disait *j'arrive*, elle lui disait *je viens*. C'était à dix minutes à pied. Le temps de préparer une salade, de mettre une pizza au four et, à celui qui arrivait en nage, de proposer une douche, comme un joli préliminaire.

Les dix minutes, à cause de ce nouvel appartement, il faudrait désormais les faire en voiture. Antoine la tenait donc à distance. Oh, mais ce n'est rien dix minutes en voiture, avait-il protesté. La vérité était, qu'avec l'achat de cet appartement, il viendrait chez elle quand il en aurait envie. Et cette pensée d'être mise au placard comme une maîtresse lui avait été insupportable.

Il avait donc acheté un appartement pour avoir un chez lui puisqu'il n'en avait plus. En effet, après le dernier ouragan, le bâtiment dans lequel Antoine était jusque-là locataire, avait entamé de gros travaux : il s'agissait de mettre le bâtiment aux normes, de refaire les terrasses, de changer les châssis. Il avait reçu une notice à un mois, ce n'était pas inhabituel ici.

Et puis c'était un cas de force majeure, les gros travaux à entreprendre nécessitaient une évacuation rapide des habitants.

Line avait accompagné Antoine, à sa demande, chez le syndic de l'immeuble. Mais la cause était entendue, il n'y avait rien à faire. D'ailleurs, voyez-vous, Madame, c'est écrit là, dans le contrat de bail. Vous voyez ? C'était écrit, en tout petit et en illisible, comme de bien entendu dans un sabir qui aurait pu donner lieu à mille ans d'exégèse si Antoine avait eu l'éternité. Mais il n'avait que six semaines devant lui.

Alors le plan original était qu'il s'achète un appartement. Et il allait emménager dans ce nouvel appartement. Il savait déjà qu'il ressemblait à une bonbonnière car, oui, il l'avait trouvé tout de suite. C'était celui qu'un ami agent immobilier, un loup déguisé en avenante grand-mère, lui avait fait visiter et convaincu d'acheter.

Il n'y aurait pas de travaux à faire, ou pratiquement pas, c'était tellement joli, et puis s'il y en avait, l'agent immobilier, qui était aussi entrepreneur, notaire, agent d'assurance, expert en tout et spécialiste en rien comme la plupart de ses confrères et consœurs du Miami-Dade County, s'occuperait des retouches dès que l'appartement serait vide.

Oui, car il serait vide bientôt, le bail touchait à sa fin. Les locataires étaient charmants et la garantie locative suffisante si, par extraordinaire, il y avait quelques égratignures aux murs lors de leur déménagement.

Mais, dès l'acte d'acquisition signé par Antoine, les locataires n'avaient plus payé leur loyer. J'ai perdu votre numéro de compte, je suis en déplacement, j'ai un problème avec mon compte bancaire. Quand ils eurent des rappels, ils menacèrent Antoine, parce qu'ils estimaient être harcelés, de déposer plainte contre lui.

Puis, quand le jour de leur départ arriva, ils restèrent, comme de bien entendu, dans les lieux, sans payer. Si bien qu'il avait fallu les expulser.

C'est Line qui s'était occupée de la procédure d'expulsion. Cela avait duré moins d'un mois à compter de la notice à trois jours servie sur leur porte d'entrée, délai que Line avait trouvé extrêmement court et Antoine insupportablement long.

Enfin, les locataires avaient abandonné les lieux, mais Antoine, présageant que le drame n'était pas dénoué, n'avait pas eu le cœur à aller voir son cher appartement.

C'est Line qui y était allée, accompagnée d'un agent de ses amis, pour faire l'état des lieux de sortie. Les adorables locataires ne s'étaient évidemment pas présentés au rendez-vous.

Le charmant boudoir avait été transformé en un champ de ruines. Le saccage était total. Arrachés à la hussarde des murs, les centaines de petits cadres et de luminaires qui avaient faits le ravissement d'Antoine avaient laissé place à des trous béants dans les plâtres et les stucs. Partout, une poussière sale et grasse recouvrait les surfaces, les tâches et les déchirures des moquettes et des boiseries que les nombreux guéridons et poufs masquaient jusque-là, hurlaient leur horrible présence. Il y avait des caisses abandonnées, une armoire branlante, et même les crottes d'un chien dont la niche était vraisemblablement le placard.

Line avait pensé en parcourant, sans voix, le petit appartement, que le lieu ressemblait à une arène après un spectacle.

Dans un décor de carton-pâte, une pièce de vaudeville s'était jouée : avec l'agent immobilier d'Antoine dans le rôle du margoulin, les deux locataires dans ceux des larrons en foire. Et Antoine, dans celui du cocu. Line, spectatrice, contemplait la débâcle.

Line avait fait des photos de l'appartement. Mais, quand elle l'avait rejoint, Antoine avait refusé de les regarder. Cela lui aurait fait trop de peine.

Line était retournée seule le lendemain, dégager quelques cartons, aérer l'endroit, mais il fallait se rendre à l'évidence : il y aurait des mois de travaux.

Au bout d'une semaine, Antoine avait trouvé le courage de visiter son appartement. Ils y étaient allés à deux, Line et lui, se tenant par la main, tristes et sévères comme pour une veillée mortuaire. Line le regardait tandis qu'il marchait silencieux dans l'appartement et elle non plus ne disait rien. Elle voyait la détresse d'Antoine, et davantage peut-être que les dégâts matériels, elle voyait que ce qui blessait Antoine, c'était la trahison de ces êtres, - les adorables locataires qui avaient tellement de goût ; l'agent, cet ami à la vie à la mort, qui avait entretemps empoché sa commission et quitté définitivement la Floride, - tous ces gens auxquels Antoine avait accordé sa confiance davantage qu'à Line. Elle aurait pu dire : je te l'avais dit - elle le dirait plus tard, souvent, et il finirait un jour par le reconnaître. Mais ce jour-là, elle avait dit simplement avec un petit sourire triste :

- Je crois que tu vas rester chez moi.
- Je crois que je n'ai pas le choix.

Et ils avaient refermé la porte de l'appartement.

Line

Finalement, ils avaient trouvé : un petit studio avec un grand balcon qui donnait, trente étages plus bas, sur une saillie en béton, purement décorative, - encore un truc inutile pensé par un bureau d'architectes -, et qui était à hauteur des parkings.

Si par maladresse, quelque chose venait à tomber, cela ne blesserait personne. Et s'il y tombait quelqu'un, cela ne ferait pas de gros dégâts. Un nettoyeur à haute pression pour dégager les restes de cervelle et la mare de sang, et, en une heure, il n'y paraîtrait plus.

Elle avait signé un bail d'un an et payé six mois d'avance, *cash*. L'agent immobilier était, comme elle, ravi. La vieille dame avait trouvé le lieu de sa mort, il lui restait à en déterminer l'heure.

Elle avait choisi le vendredi 13 pour que les superstitieux pensent que c'était la faute à pas de chance. Une vieille dame tombe de son balcon, son nettoyant pour vitres à la main. On dirait qu'elle était connue pour être maniaque. Il n'y aurait pas d'enquête. Le coroner signerait l'autorisation de disposer du corps et tout serait réglé par un petit passage de ses restes à l'incinérateur dès le lundi matin.

Allez mardi, au plus tard. Il faudrait qu'elle vérifie simplement les conditions de prise en charge prévue par son assurance-obsèques, voilà tout.

Quant à l'heure ? La vieille dame avait décidé de se jeter du balcon à dix-heures du matin. À cette heure, tous les enfants seraient à l'école, il ne fallait pas qu'ils voient ça. La mort, ce n'est pas un spectacle pour les enfants.

Et puis, ce serait le début de la matinée, les pompiers arriveraient vite, leur caserne n'était pas loin. Tout serait emballé et mis sous vide en quelques heures.

Elle ne leur gâcherait pas leur week-end, à tous ces gens qui ne méritaient pas de perdre leur temps pour elle. Peut-être que, s'ils étaient pieux, ils auraient une pensée pour elle, voire même une prière au temple, à l'église ou à la synagogue. Ça ne changerait sans doute pas grand-chose au salut, ou pas, de son âme. Elle ne croyait pas avoir été méchante et si elle avait souvent été sans pitié dans sa longue carrière administrative, c'était, pensait-elle, parce qu'elle avait été juste.

La grosse tache rouge qu'elle ferait sur l'encorbellement du parking n'était pas bien grave dans une vie qui n'en avait pour ainsi dire comporté aucune.

Quant au studio, l'agent immobilier pourrait le remettre en location dès le lundi, dès que l'acte de décès serait délivré par la mairie. Après tout, la locataire serait morte. Mais pas dans l'appartement.

Cela ne porterait le mauvais œil à personne.

VIII

C'était le lundi d'après l'ouragan. Ce matin, puisqu'elle n'en avait pas eu, Line irait prendre des nouvelles d'Antoine.

Chez Line, et depuis près de vingt-quatre heures, l'électricité était coupée. Internet aussi. Vingt-quatre heures que Line n'avait plus eu de nouvelles d'Antoine.

Elle voyait, impuissante, par la fenêtre, son immeuble au loin. À moins d'un demi-mille à vol d'oiseau. Hier, à travers la tourmente, depuis le divan où elle s'était assise, elle contemplait le grand building. Il y avait normalement, sur le toit de cet immeuble, une rangée de lumières multicolores qu'on allumait la nuit.

Mais cette nuit-là, elles avaient soudainement clignoté. Puis tout l'immeuble s'était éteint de longues minutes, avant de finalement se rallumer partiellement.

Ouf, Antoine devait encore avoir de l'électricité, mais certainement plus internet, car c'était le même distributeur pour tout le quartier.

Line était restée comme figée toute la nuit, comme une vigie accrochée à un mât dans la tempête, face à la fenêtre fouettée de bourrasques de pluie. Elle guettait l'immeuble de son amour au loin, comme si elle avait craint que, dans un tourbillon, l'ouragan ne l'emporte tout entier, et que, jamais, plus jamais, elle ne revoie Antoine.

Sur Lincoln road, au petit matin de ce lundi, des écureuils jouaient, comme chaque fois qu'il y avait des arbres à terre, à saute-mouton parmi les branches arrachées. Il n'y avait encore personne. Il y avait Line, éreintée d'une nuit sans sommeil et inquiète, qui marchait vers l'homme qu'elle aimait.

Deux jeunes passèrent à toute vitesse sur leur *skateboard*. Ils avaient pratiquement frôlé Line. Elle avait sursauté, puis elle avait souri, les voyant filer au loin, vivants, parallèles, à l'unisson.

Devant le Colony Theater, un homme adossé à la devanture fermée, fumait une cigarette près de la billetterie, comme s'il attendait que le théâtre rouvre.

Line marchait vite. Elle était réellement inquiète pour Antoine. L'ouragan en passant semblait avoir éradiqué les nuages. Le ciel devenait bleu azur et le soleil, malgré l'heure encore très matinale, commençait déjà à chauffer.

À l'entrée du grand immeuble d'Antoine, disparus les gardes tatillons dans la guérite ! Ceux auxquels elle devait prétendre qu'elle habitait là pour qu'ils la laissent passer. Les grilles étaient béantes et, dans le jardin intérieur, les arbres déracinés et toutes les jardinières de terre cuite brisées.

Line avait traversé le jardin dévasté jusqu'au bâtiment du fond. La porte de l'immeuble était ouverte. Qu'il fonctionne ou pas, il n'était pas question de prendre l'ascenseur.

Line avait emprunté l'escalier de secours, puis traversé à toute allure l'immense couloir qui sentait l'humidité et elle avait frappé, le cœur serré, à la porte d'Antoine.

———

70

Il lui avait ouvert, et ils s'étaient jetés dans les bras l'un de l'autre.

Antoine avait l'air épuisé. Il avait le cheveu ébouriffé, le regard hagard et il était seulement vêtu d'un short informe.

Alors, il lui avait raconté : oui, Dieu merci, tout allait bien, mais il avait eu peur, très peur. Car l'appartement qu'il louait donnait sur la baie et les châssis étaient anciens.

Le grand châssis du salon, celui avec cette somptueuse vue sur la baie, avait tellement tremblé qu'Antoine avait eu peur qu'il s'envole. Alors, il avait placé devant, pour se barricader comme le font les cow-boys dans les films quand les Indiens attaquent, tous les meubles qu'il avait pu déplacer.

Et perché sur le banc de jardin, qu'il avait collé contre la vitre et qu'il avait sécurisé avec des coussins et des oreillers, il s'était tenu debout, arc-bouté, vacillant sous les soubresauts du vent, soutenant la fenêtre de toutes ses forces à bout de bras pendant des heures.

Le vieux châssis avait tenu. Et lui aussi. Il était juste épuisé.

Line n'avait pas dit qu'elle le savait, qu'elle avait senti qu'il était en danger et qu'elle n'avait pas, de la nuit, quitté l'immeuble d'Antoine des yeux. Elle avait juste proposé à Antoine de l'aider à ranger.

Mais il ne voulait pas, non, ma chérie, c'est gentil. Il ferait tout cela à son aise, il fallait d'abord qu'il démonte sa barricade puisque l'ennemi avait fui, puis qu'il déblaie la terrasse avant de sortir son mobilier. Mais avant tout cela, il fallait qu'il se repose un peu.

Alors, ils s'étaient encore serrés dans les bras, avaient échangé des banalités pendant quelques minutes, très vite, pour partager toutes les impressions mélangées de ces dernières vingt-quatre heures.

Il lui avait dit :

- À tout à l'heure, ma chérie.

Et il l'avait regardée repartir, la suivant du regard à travers cet interminable corridor.

Line

« Tu es folle ! Tu dois faire quelque chose ! Il faut empêcher ça ! »

Mes collègues me regardaient comme si je m'apprêtais, moi, à jeter une vieille dame par-dessus un balcon.

Quand elle était sortie de mon bureau, ma collègue m'avait vu froisser en boule la feuille sur laquelle j'avais pris quelques notes et la balancer dans la corbeille à papier.

- Tu n'ouvres pas un dossier ?

- Non, ce n'est pas la peine, elle va mourir.

- Oh, c'est tellement triste, la pauvre, mais comment elle peut être si sûre ?

- Parce qu'elle l'a décidé. Le 13.

- Comment le 13 ?

- Elle va mourir le 13. Elle a décidé. Elle va se suicider, voilà tout, c'est son choix.

Ma collègue avait hurlé un « Quoi ! » Elle était sortie du bureau précipitamment et, maintenant, il y avait devant moi, dix personnes en train de me faire la morale.

Il fallait faire quelque chose, prévenir la police, les pompiers, l'interner.

Toutes ces bonnes âmes trouvaient urgent d'interférer dans la mort d'une personne dont, il y a cinq minutes encore, elles ignoraient jusqu'à l'existence.

Une petite personne insignifiante et discrète, qui s'organisait pour se faire la malle.

Pour faire en sorte que sa mort soit aussi rangée et invisible que sa personne l'avait été en quarante-cinq années au service de l'administration.

VII

Seule sur le trottoir, Line hoquetait, sanglotait.

Tremblante comme une feuille un jour de grand vent, elle arrivait à peine à tapoter sur l'écran de son téléphone les instructions pour qu'un Uber l'emporte, vite, très vite. Pourtant, comme cette première Saint-Valentin qu'ils passaient ensemble avait bien commencé !

Quand elle était rentrée dans l'appartement d'Antoine, Line avait été émerveillée : elle avait vu la table, si magnifiquement dressée, les jolies assiettes multicolores, les fleurs arrangées dans une succession de tubulures de verre, les serviettes assorties...

Comme Antoine avait tout bien arrangé, comme tout était joli, comme tout semblait parfait et délicieux !

Il avait ouvert un rosé, l'avait servie. Antoine avait prévu au menu tout ce qu'ils aimaient tous les deux. Elle était au paradis. Ils riaient. Ils se tenaient par la main. Line avait félicité Antoine sur ses jolis verres, qu'elle ne connaissait pas. Il lui avait avoué qu'il les avait achetés pour l'occasion.

- Tu sais dans ce joli magasin de décoration qui sent, quand on y entre, la bougie et le patchouli.
- Vraiment, tu as fait tout ça pour moi ?

Line avait regardé Antoine, les yeux plein d'amour et de dévotion, son regard disait qu'elle était heureuse. Qu'ensemble, ils seraient heureux jusqu'à la fin des temps.

Mais, tout à coup, sans qu'elle comprenne pourquoi, Antoine avait baissé les yeux, en un instant distant, et dans sa main qui tenait toujours la sienne, elle ne sentait plus de chaleur.

- Qu'est-ce qui se passe, mon chéri ? Ça ne va pas ?
- Si, si, tout va bien.

Il l'avait rassurée mollement.

Ils avaient continué à mâchouiller le repas.

Mais ce n'était plus pareil. La connexion n'était plus là, ce n'était plus une soirée en amoureux. Line avait encore essayé d'être badine, mais elle sentait Antoine si loin. Absent.

Alors, tandis qu'elle ramait pour que la conversation continue et qu'il lui souriait sans la voir, le cœur de Line lui avait fait de plus en plus mal.

Ils avaient fini de manger, elle l'avait encore félicité pour sa jolie table.

-On passe au salon ? Avait-il proposé.

-Oui bien sûr, avait-elle répondu avec reconnaissance.

Dans l'intimité du divan, elle poserait la tête contre son épaule et il la serrerait très fort, et ils flirteraient comme des adolescents de quinze ans et ce serait bien. Ce serait à nouveau la Saint-Valentin et l'éternité reprendrait son cours.

Tandis qu'ils se levaient tous les deux de table, Antoine lâcha la main de Line. Il avait saisi du bout du bras, sur le comptoir de la cuisine, le spray nettoyant et une serpillière et, avant que Line ne comprenne, voilà qu'il frottait le siège où une seconde plus tôt, elle, Line, était assise.

Comme s'il avait voulu faire disparaître toute trace d'elle, tout de suite, très vite.

Figée, silencieuse, plantée au milieu du séjour, les yeux de Line débordèrent. Pouquoi l'avait-il invitée si c'était pour lui faire un affront pareil ?

À quoi bon les fleurs, les jolis verres en cristal, les plats marocains si c'était pour lui signifier qu'elle n'était rien. Quelqu'un dont même les miettes ne sont pas acceptables.

Elle avait balbutié.

- Je ne comprends pas, je ne suis rien pour toi.

Et elle avait fui l'appartement, traversé le hall, sauté dans l'ascenseur, couru sur le trottoir.

Ivre de chagrin, elle pleurait, - elle pourtant si forte : c'était fini, quel horrible cauchemar.

Sur le trottoir, elle avait réussi, finalement, au milieu de ses sanglots, à commander une voiture pour la ramener chez elle. L'Uber arrivait, il était au coin de la rue. Dans deux minutes, elle serait loin.

Mais, soudain, la saisissant, deux bras l'enserrèrent très fort et une tête, celle d'Antoine – il y avait son odeur, ses boucles contre sa peau - lovée contre sa nuque, souffla :

- Pardon, pardon, mon bébé, pardon, je suis un con, je ne sais pas ce qui m'a pris.

Et, alors, il avait pris le visage de Line entre ses mains et embrassé ses larmes pour les sécher, puis il l'avait entraînée à l'intérieur – viens, on rentre, bébé -, la tenant collée contre son cœur, et il l'avait couverte de baisers.

Dans l'ascenseur, Toni Braxton chantait « *Un-Break my heart* », tandis que, dans la rue, le chauffeur qui n'avait pas trouvé pas sa cliente au point de rendez-vous et auquel Line n'avait pas répondu au téléphone, se dit qu'il allait changer de métier parce qu'à cause de ces cons de clients, il avait raté une soirée avec sa Valentine.

Et il avait annulé, en râlant, la course.

Line

Heureusement, je n'avais pris note ni de son nom ni de son adresse, ce qui empêcherait toute bienveillante, et intempestive, intervention dans ses projets !

J'avais finalement coupé court à la conversation. J'avais dit quelques phrases très vite, d'un air assuré : que c'est ce qu'elle m'avait dit, qu'elle mettrait fin à ses jours ce vendredi. Mais bon, il y a tant de fous, ici, qui délirent et qui disent n'importe quoi. Et puis même si c'était vrai, elle pouvait encore changer d'avis, après tout. Enfin, elle avait beau prévoir sa mort, si l'univers ne le voulait pas, elle ne mourrait pas.

Cet appel à l'univers, qui pour beaucoup de mes collègues signifiait « Dieu », avait fini par les convaincre de me foutre la paix et d'enfin sortir de mon bureau.

Dieu ne permettrait pas qu'elle meure, pensaient-ils. Et moi, je pensais, en les voyant partir, qu'aucun d'entre eux n'aurait versé une larme au passage du cercueil de la vieille dame. Que leur importait donc soudainement cette vie dont ils voulaient voler la fin ?

Je n'y avais plus pensé, jusqu'au vendredi. À dix-heures cinq minutes, j'avais noté machinalement l'heure en passant près de la machine à café. Il y avait une très vieille horloge en plastique jauni, ridicule et désuète dont la pile, changée régulièrement par notre homme de ménage, assurait l'improbable rigueur. Elle faisait un petit bruit sourd à chaque minute qui passait. Je m'étais servi un café. J'y avais mis un nuage de lait. Enfin plus exactement un berlingot d'un substitut quelconque.

Et je ne sais pas pourquoi, au contraire de d'habitude, un sachet de sucre de canne, dont le chuchotement des grains ronds en glissant le long du papier brun fit le bruit d'un sablier. Un sablier de mon enfance. Dans la maison de mes grands-parents où il ne se passait rien ces longues après-midi, sauf le bruit du sable s'égrenant dans le sablier que je retournais pour tuer le temps, sans jamais prendre la peine de le comptabiliser.

J'avais pensé en levant machinalement les yeux sur les aiguilles : voilà, c'est fait, elle doit être morte.

VI

En se réveillant, Line avait vu un mur. Avec, de chaque côté de l'immensité blanche, une porte. Le mur était vide et les portes ouvertes.

D'où elle était, calée entre les oreillers, Line voyait que la porte de gauche donnait vers le séjour, et la porte de droite vers la salle de bains. Les draps gris souris s'étalant sur elle étaient rayés d'un soleil pâle. Elle pensa à la chanson de Nougaro, « Tu verras ». À tous les rêves du monde, au matin tout rayé de soleil, ah le joli forçat qui s'en va réveiller le bonheur dans ses draps jusqu'au matin du monde, puis elle chassa cette idée, - et la voix de Claude Nougaro, et l'air qui lui trottait dans la tête -, car la chanson finissait mal et Line voulait que tout commence bien.

Du séjour, dans lequel elle savait qu'il y avait un coin-cuisine, invisible d'où elle était, elle entendait le bruit d'une eau qui coule dans un verre, un robinet qu'on ferme. Quelqu'un boire, reposer son verre, puis une porte, celle des toilettes sans doute, le bruit étouffé d'une chasse d'eau, une porte à nouveau.

Était-il l'heure de se lever ? Peut-être, non, il n'était pas six heures.

Antoine venait d'apparaître nu et souriant et il se glissa, tout contre elle, dans les draps. Il déplia son bras invitant Line à y poser la tête, puis il la pressa contre son épaule, sa main droite lui enserrant le cou, tandis que de l'autre main, il avait déjà saisi son IPhone sur la table de chevet.

Antoine regardait ses messages sous les yeux de Line calée contre son épaule. Il faisait défiler le fil de ses réseaux sociaux, commentant, çà et là, qui était qui dans sa vie, qui faisait quoi, lui montrant les photos qu'il avait prises. Ne lui cachant rien.

Line, muette, était surprise : que signifiait cette transparence ?

Elle connaissait tant les IPhone qu'on cache. Ceux qu'on verrouille sous prétexte de vie privée et le mal que font aux couples, et à la fidélité des hommes, tous ces réseaux sociaux. Et puis ces applications où les femmes croient trouver l'amour et les hommes chercher de la pute gratuite. Si c'est gratuit, c'est que vous êtes le produit, dit l'adage, mais tous les adages dès qu'ils ont une certaine récurrence, même récente, semblent immédiatement éculés et on prend un malin plaisir à les ignorer, par bravade. Par excès de confiance en soi, aussi.

Aux femmes, on avait fait croire que c'était normal. Qu'elles trouveraient un bénéfice à être exposées, comme des morceaux de viande sur l'étal d'un boucher ambulant, tant et si bien que nombre d'entre elles s'inscrivaient sur ces réseaux pour se faire sauter et revendiquaient cette pratique du sexe déconnecté du cœur — synonyme de leur égalité et de leur indépendance - à coups de « et puis, parfois, qui sait, on peut faire de belles rencontres ».

Avec des bites, c'était certain, mais elles étaient rarement d'amarrage. Où, si elles l'étaient, d'un bateau qui, très vite, quitterait le port pour d'autres mouillages.

———

82

Alors, cette propension d'Antoine à dérouler sa vie à une presqu'inconnue, Line, loin d'y lire la preuve d'une désarmante candeur, avait immédiatement choisi d'y voir le signe d'un grand amour. Oui, Antoine n'était pas comme les autres. Elle non plus d'ailleurs. Et ensemble, ils rayeraient la laideur et les trahisons de la surface du monde.

- Bon, il est temps de préparer le café, avait-il dit au bout d'un moment, en se redressant sur un coude.

- Tu veux que je t'aide ?

- Non, repose-toi un peu, ma chérie. Je t'appelle quand c'est prêt ? Tu déjeunes le matin ?

- Oui, pourquoi ? Évidemment. Quelle drôle de question, avait-elle dit, esquissant un sourire.

- Je ne sais pas. Ma femme ne prenait jamais de petit-déjeuner…

- Quelle idée ! Comment peut-on vivre sans dévorer le matin ? C'est le repas le plus important de la journée ! Je suis sûre que tu connais l'adage, il faut « petit-déjeuner comme un Roi, déjeuner comme un prince et dîner comme un mendiant » ?

Il avait juste répondu « Génial ! ». Et il avait disparu de sa vue.

Elle entendait le bruit des assiettes, le son sec du couteau à pain quand il touche le billot, le toasteur qui saute, l'odeur du café. Il faudrait se lever bientôt. Tant mieux, ce lit trop grand n'était pas confortable.

Line avait entrepris quelques mouvements de dos crawlé sous le drap, tentant vainement d'atteindre les quatre coins du lit de la pointe de ses pieds et du bout de ses doigts. Rien n'y faisait, le lit était bien trop grand. Elle regardait en souriant onduler les rais de soleil sur le drap.

Elle se redressa, se mit debout sur le lit, pour saluer le soleil et admirer le paysage qui devait être derrière elle. Mais au-dessus du lit, il n'y avait qu'une meurtrière rectangulaire et longue, trop haute pour bien voir ou être vu.

- Quelle idiotie, s'écria-t-elle !
- Quoi ? demanda la voix depuis la cuisine.
- Que la fenêtre de la chambre soit si haute, on ne voit rien.
- Tu connais l'obsession des Américains pour leur « *privacy* ».
- Évidemment, mais c'est idiot.
- Écoute, je ne suis que locataire, ce n'est pas moi qui choisis, mais viens admirer la vue depuis le salon, tu verras, c'est extraordinaire.

Line avait enfilé un T-shirt et rejoint Antoine qui posait les assiettes à table. La lumière du levant était éblouissante. À travers la baie vitrée, on voyait l'eau presqu'à l'infini et au loin, sur l'horizon, les buildings de Miami, sagement alignés, comme s'ils n'avaient rien vu de la nuit. Wow, fit sobrement Line. C'est magnifique !

- Et puis, ce que je ne comprends pas, reprit-elle, c'est ton lit dos à la fenêtre, ça fait tellement Amérique profonde. Tourner le dos à la lumière du jour, c'est con.
- C'est pour faire face aux portes, c'est *Feng Shui*. C'est une question d'harmonie.

- D'harmonie ?! La réponse lui semblait tellement surprenante, que Line répondit, railleuse : si ça marchait ton *Feng Shui*, tu ne serais pas divorcé. Il ne faut jamais tourner le dos à la lumière.

Elle l'avait énervé avec sa remarque. Antoine, en versant le jus d'orange, se dit qu'on avait assez parlé de choses graves. Alors, il lui demanda, histoire de changer de sujet :

- Tu fais quoi encore dans la vie, je n'ai pas très bien compris ?

Line s'était assise, une jambe repliée sous sa cuisse, elle versait, souriante, du lait dans son café. Elle leva ses grands yeux vers lui et répondit :

- Justement l'harmonie, c'est mon domaine : je résous des conflits.

- Entre les gens ?

- Oui, le plus souvent, parfois aussi avec eux-mêmes.

- Des conflits intérieurs, tu veux dire ?

- Oui, Antoine. En fait, c'est comme ça que j'ai trouvé ma vocation, en aidant quelqu'un à résoudre son conflit intérieur. De manière tranchée. Définitive. Puis, avec le temps, je me suis rendu compte que beaucoup de conflits intérieurs ne sont que l'intériorisation d'une pression extérieure. Que si on croit sa vie foutue, c'est souvent à cause d'un con. Il suffit qu'il disparaisse, en fait, - elle avait dit « pouf ! », avec un geste de magicienne - pour qu'on voit clair. Alors, je me suis spécialisée. Dans les conflits domestiques.

Line tartinait généreusement de beurre son pain grillé, son geste était assuré, elle semblait si forte. Trop forte peut-être. Comme si elle ne doutait de rien.

- Et ça marche ? Demanda Antoine.
- Pour ceux ou celles qui font appel à moi, oui évidemment.
- Et si le conflit redémarre ?
- Ça n'arrive jamais. Je le termine, le conflit. Il n'existe plus, tu vois. Il disparaît. Totalement.
- Tu m'as l'air bien sûre de toi.
- Seulement du résultat. Et à ces mots, Line avait ri et sa bouche avait englouti une grande bouchée de pain débordante de confiture.

Voilà, elle lui avait dit la vérité, il faut toujours dire la vérité. Peu importe s'il avait compris, il ne pourrait pas dire qu'il ne savait pas. L'exécrable Henri de Monfreid prétendait que nous avons tous, en nous, un salopard qui nous accompagne et que c'est à nous de le tuer.

Line accompagnait celles qui n'arrivaient pas à tuer le leur. Elle avait simplement ajouté le mot « ceux » devant celles. Juste par souci d'égalité. Les femmes aussi peuvent être des monstres parfois.

Line

Je l'avais oubliée. Ou rangée quelque part, dans un coin de ma tête, cette histoire de vieille dame suicidaire.

Puis un jour, quelques mois plus tard, on m'avait annoncé qu'elle avait téléphoné. J'étais surprise. La pendule du bureau, les grains de sucre tel le sablier du temps, les images du vendredi 13 me revenaient en mémoire. Mes sensations m'avaient-elles trahie ? Elle aurait dû être partie. Pour toujours. Et voilà qu'elle ne l'était pas.

Elle voulait me voir. Absolument.

Non, elle ne pouvait pas venir, c'était impossible, on ne se sortait pas d'où elle était. Il faudrait que je me déplace.

Non, pas au cimetière, elle n'avait pas appelé d'outre-tombe ! Les morts n'ont pas encore le téléphone !

Vaguement ennuyée, j'avais regardé l'adresse sur le mémo que me tendait ma collègue. En la lisant, je m'étais levée d'un bond, j'avais pris mon sac et sauté dans un taxi.

L'adresse, c'était celle d'un hôpital psychiatrique.

V

Maintenant, tu fais partie de ma vie. Et j'ai le sentiment que c'est pour toujours, avait dit Antoine, les yeux mouillés d'émotion.

Ils étaient debout face à face, seuls, chez elle. Ils avaient les cheveux en bataille et les joues rouges de ceux qui ont fait des sottises. Il la serrait dans ses bras. Et elle avait les bras autour de sa taille. Il n'était pas beaucoup plus grand qu'elle, alors leurs yeux, leurs pupilles, faisaient miroir.

Ils inspirèrent profondément tous les deux, en même temps, comme pour reprendre haleine, comme pour retrouver leur respiration. Elle le sentit se décoller d'elle tandis qu'il gardait toujours ses mains dans les siennes.

-   Tu sais, dit-il, je ne m'attendais pas à coucher avec toi quand je suis venu tout à l'heure. Tu m'as surpris. J'en suis heureux. Très heureux. Bon, je crois que je vais rentrer maintenant, il est tard.
-   Tu es sûr ? Tu peux rester si tu veux.

Il avait juste souri et il l'avait embrassée sur le front, puis à nouveau sur les lèvres.

-   Je t'envoie un message dès que j'arrive chez moi. Et on s'appelle demain, d'accord ma chérie ?

Elle avait dit d'accord, du bout des lèvres, et elle l'avait le tenant toujours par la main, reconduit sur le seuil de la porte. Elle lui avait envoyé un baiser de la main et il avait fait de même.

Antoine, en marchant vers chez lui, sur le piétonnier, au milieu des tables qu'on débarrassait et des rires éthyliques des restaurants qui fermeraient bientôt, était un peu groggy, partagé entre une douce euphorie et une sourde panique.

Cette soirée, il l'avait voulue même s'il ne l'avait pas provoquée : il avait présumé que Line l'inviterait à nouveau et il avait même attendu qu'elle l'invite. Et il avait dit oui à cette invitation dans la seconde, de toutes ses forces, de tout son être. Mais tout ça était un peu précipité, un peu effrayant.

C'était la troisième fois qu'ils se voyaient ce soir. Ils avaient donc respecté, sans peut-être en être conscients, et malgré leur âge, le schéma traditionnel des trois « dates » à l'américaine.

La première consistait d'ordinaire en une activité sociale ou sportive, or ne s'étaient-ils pas rencontrés lors d'une soirée mondaine ?

La deuxième « date », qui est souvent, chez les jeunes, une soirée en public autour d'un verre ou d'un burger. Cela avait été, dans leur cas, un apéro dînatoire avec des amis. D'ailleurs, cette deuxième soirée s'était merveilleusement passée et, quand les amis étaient partis, Antoine était resté avec Line pour l'aider à ranger. Ils avaient parlé pendant des heures, de tout, de rien. Et même quand ils n'étaient pas du même avis, il semblait que leurs avis se complétaient, s'éclairaient l'un l'autre et ils avaient ri. Tellement ri. Vers deux heures vingt du matin, ils s'étaient rendu compte de l'heure, il fallait se quitter, ce n'était pas raisonnable, ils auraient pu parler toute la nuit. Alors ils s'étaient séparés en se faisant une petite accolade, une bise légère et joyeuse. Et ils avaient convenu qu'ils continueraient leur discussion, avec plaisir, très vite, une prochaine fois, sans faute.

Dans la typologie amoureuse américaine, la troisième « date » est la plus décisive, - celle où l'on s'embrasse, où l'on se touche, où l'on se palpe, voire davantage. C'est celle aussi où l'on se quitte, si on n'est pas bien accordés et que d'autres partis rencontrés entre temps semblent plus adéquats. Antoine n'avait pas trouvé d'autre parti, mais il n'était pas certain que celui-ci soit adéquat.

Ce troisième rendez-vous, Antoine et Line l'avaient eu ce soir ; c'était exactement cette soirée qu'ils venaient de passer ensemble tous les deux. Dans le salon de Line. Car ils n'étaient jamais arrivés jusqu'à la chambre, le divan leur avait suffi. Ils avaient parlé longtemps, de plus en plus proches sur le sofa blanc, jusqu'à ce que leurs bouches se touchent et que leurs corps le veuillent aussi. Il lui avait demandé : tu veux quoi, mon amour ? Et elle n'avait entendu que le dernier mot.

Les États-Unis ne sont pas l'Europe, on ne couche pas le premier soir et, si on y couche le premier soir, c'est aussi, la plupart du temps qu'on ne reverra pas. Que c'est et ce sera une aventure sans lendemain. Les couples américains n'émergent jamais par magie d'une chambre à coucher, ils se construisent.

Ce n'est qu'une fois ce chemin amoureux parcouru, qu'on peut définir qu'une relation existe, puis décider qu'elle devient exclusive.

Mais là, ce n'était pas le premier soir que Line et Antoine passaient ensemble. C'était le troisième et c'est ce qui faisait peur à Antoine, tout à la fois ravi et anxieux.

Il n'était pas resté dormir et, pendant dix minutes, Line y vit un mauvais présage. Il n'y avait rien ni personne qui attendait Antoine dans la nuit noire. Donc, il avait fui. Ce n'était pas bon signe.

Puis, quand dix minutes furent écoulées et Antoine arrivé chez lui, le téléphone de Line fit un petit « ding » qui disait lis-moi et elle avait lu : le message lui disait qu'il était bien rentré, qu'elle dorme bien, qu'il l'appellerait demain. Il disait ma chérie. Et Line était partie dormir le cœur bondissant.

Line

Cela ressemblait au cloître d'un couvent. Passé l'entrée sévère, un gros monsieur qui mangeait un sandwich au poulet frit m'avait, dans un grognement entre deux bouchées, désigné d'un doigt plein d'huile un registre à signer. Au bout d'un long couloir intimidant, j'étais arrivée dans une espèce de préau, un peu semblable à un atrium romain qui aurait traversé les âges.

Les portes des chambres, alignées sur une petite cour carrée aux tons ocres, avec en son centre une jolie fontaine à l'eau rare et sautillante, étaient rouge sang. Exactement comme les portes des arènes derrière lesquelles fulminent les taureaux de corrida. Mais ils devaient tous être sous Lexomil, tant le silence était palpable.

Le long du mur nord, abritées du soleil de midi, sous l'ombre bienfaisante de la travée, il y avait, alignées, une demi-douzaine de chaises roulantes dans lesquelles, gâteux et baveux, d'anciens agités étaient devenus définitivement inoffensifs.

Leur vue m'avait plongée dans une immense tristesse et je m'étais dit que ma trop digne vieille dame avait, très exactement, atterri dans le lieu qu'elle voulait éviter.

Et soudain, il m'était apparu que la mort, fût-elle la plus affreuse, la plus violente – peut-être la plus abominable –, était préférable à cette longue agonie planifiée.

IV

Il faut être trois pour tomber amoureux, avait affirmé malicieusement l'ethnopsychiatre Tobie Nathan, en guise d'introduction d'une conférence qu'il avait donnée à l'Université de Nantes.

Son postulat est qu'il faut une intervention externe, celle de quelqu'un qui vous a parlé de l'autre, a piqué votre curiosité, pour que soudainement celui qui vous aurait été indifférent vous devienne instantanément indispensable.

À défaut d'un Cupidon, cette intervention externe, dans les mondes civilisés — ceux qu'il définit comme les autres que les nôtres -, pouvait être celle d'un philtre d'amour, d'une incantation magique, voire d'un grigri placé sous votre lit. Peu importe finalement, car chaque civilisation a ses voies pour rendre l'autre amoureux. Mais leur point commun est qu'il faut impérativement l'intervention de quelqu'un ou de quelque chose pour que l'étincelle magique naisse.

Il y avait certainement de la magie ce soir-là sur la terrasse du *penthouse*. L'air était doux et parfumé. La brise qui traversait l'île de part en part, de la mer à la baie, faisait bruisser les palmes et donnait des frissons dans le cou.

Il y avait des bulles dans les verres et le son électronique des platines d'une DJ italienne.

Un artiste faisait une performance artistique lançant, sous les flashes crépitants et les visiteurs ébahis, de ses grosses paluches, des giclées de couleur acrylique sur une toile de jute tendue. Et ceux qui snobaient le spectacle, agglutinés sur les sofas, minaudaient en sirotant des *sex on the beach*.

Line était arrivée presqu'en retard. Enfin, avant les premiers invités. Pas en retard vraiment, mais Cynthia avait pourtant vu rouge. Rouge comme la couleur de la robe qu'elle portait ce jour-là et qui moulait jusqu'à l'indécence chaque pli de sa chair cuivrée.

Il n'y avait pas de motifs réels à l'énervement de Cynthia : n'était-elle pas l'assistante ? Et puis tout avait été planifié de longue date. Tout était parfaitement en place depuis midi : le personnel, recruté pour l'occasion, était à son poste, le buffet dressé, les boissons mises au frais.

Alors, Line avait pris la liberté de s'esquiver cet après-midi, le temps de s'offrir le luxe d'un temps pour elle, celui du bain, du coiffeur, de la manucure.

Tout ce qui lui avait manqué pendant le mois d'exil volontaire qu'elle venait de passer, comme elle le faisait chaque année, sur son banc de sable blanc immaculé du Sound Saint-George.

Cette soirée aujourd'hui à Miami Beach, dans la fraîcheur relative de janvier, marquait son retour dans le monde, elle voulait en profiter.

Mais Cynthia, depuis deux mois qu'elle avait été engagée en guise d'assistante se comportait comme une associée et voilà qu'aujourd'hui, elle agissait comme si c'était à Line de lui rendre des comptes.

Alors, quand Line était arrivée pimpante et souriante tout à l'heure, elle s'était fait apostropher méchamment par Cynthia dans l'escalier. Comme on l'aurait fait d'un laquais avant la révolution. Et tout dans sa voix était, au-delà des mots, sale.

Line, instinctivement, s'était mise en repli. C'était toujours ce qu'elle faisait face à toute forme d'agression.

Elle se taisait, comme sidérée, se mettait en retrait pour prendre le recul nécessaire et observait l'ennemi jusqu'à ce qu'elle découvre, enfin, comment l'annihiler.

Une vieille connaissance férue d'arts martiaux le lui avait enseigné : rien ne sert d'essayer de contrer la force par la force. Au mieux, on s'épuise, au pire, on est mis à terre. La meilleure façon de vaincre l'adversaire, c'est d'accompagner son geste, d'utiliser son énergie cinétique pour l'amplifier et l'amener, lui, à toucher terre.

Line voyait Cynthia se jeter dans les bras des invités, les embrasser, les toucher sans aucun égard pour l'étiquette. C'était un total embarras, cette fille. La messe était dite, Line s'en débarrasserait demain.

Non, elle ne jetterait pas Cynthia aux requins dans la baie ou aux alligators dans les Everglades : son manque d'éducation n'était en soi pas un crime passible de mort et sa volonté d'ascension sociale était finalement assez remarquable. Elle finirait sans doute, frétillante comme elle l'était, par pêcher un mari con et riche, qui l'enfouirait sous une montagne de cadeaux et l'enterrerait dans sa propriété. Son profil et ses bikinis disparaîtraient de Tinder et elle finirait par prendre des leçons de maintien pour accompagner son mari à Mar-a-Lago. Bref, son ascension serait sa chute.

Il n'y avait pas besoin de la punir, ni même de lui dire quoi que ce soit, sauf qu'elle prenne ses cliques et ses claques et qu'elle aille secouer du popotin ailleurs. Ce serait dit demain matin à la première heure.

Ravie de cette bonne résolution, Line décida, puisque Cynthia s'était attribué le rôle d'hôtesse, de se glisser dans celle d'invitée et de jouir de la soirée sans se prendre la tête. Elle alla se prendre une coupe de champagne au buffet, félicita le personnel, s'approcha d'un petit groupe pour se mêler à leur conversation.

Line voyait Cynthia, chaloupant sur ses talons de contrefaçon, se diriger vers l'ascenseur chaque fois qu'il s'ouvrait pour accueillir les hôtes. Ils arrivaient par groupes. Elle riait, les remerciait d'être venus à sa soirée, les invitait à se diriger vers le buffet.

Elle avait saisi, sans-façon, un monsieur par le bras, l'entraînant lui et ses amis vers le bar. Elle tournait le dos à l'ascenseur quand il s'ouvrit à nouveau. Cette fois, sur un petit homme seul.

Cynthia, au bruit distinctif de la porte qui s'ouvrait, s'était instinctivement retournée, sans pourtant lâcher le bras du monsieur qu'elle accompagnait au bar. Il s'agissait d'évaluer en un coup d'œil lequel des invités méritait ses faveurs.

Mais Cynthia avait visiblement reconnu le nouvel arrivé d'un coup d'œil. Et elle lui avait lancé, un « Ah, c'est vous, c'est gentil d'être venu » qui sentait la raillerie et le désintérêt, sans lâcher le bras qu'elle tenait.

———

Elle avait repris son chemin, laissant le nouveau venu seul, perdu, exilé. Décontenancé.

Line regarda l'homme. Elle ne l'avait jamais rencontré, mais, dans un flash, elle reconnut son visage, les jolis cheveux aux fils d'argent, les lunettes d'écaille. Cet homme, c'était celui de la photo. Celui que Cynthia avait pêché, émoustillé, avant de l'exiler de ses réseaux sociaux et de sa vie. Celui que Line avait fait remettre sur la liste des invités. Parce qu'on lui en avait dit tant de bien qu'il fallait qu'elle le connaisse. Cet homme, c'était Antoine.

Line, - elle ne savait pas pourquoi, mais c'était comme ça -, avait imaginé cet Antoine grand, imposant, forcément un peu insultant, vraisemblablement carnassier.

Et là, il lui semblait seul, adorable et fragile.

Alors Line, émue, - choisissant d'ignorer qu'il n'était sans doute pas venu pour elle -, dans un geste de solidarité entre exilés des bonnes grâces de Cynthia, saisit un verre de champagne pour l'offrir à Antoine. Et se porta à son secours.

Elle se présenta. Ils se présentèrent. La voix d'Antoine était douce comme ses traits. Ses yeux semblaient embués, il avait eu la grippe, s'excusait-il, enfin, il ne devait plus être contagieux, ne vous en faites pas, Madame. Line, appelez moi Line, je vous en prie, avait-elle répondu.

Voilà, racontait-il, il était venu à la soirée que Cynthia organisait parce qu'il la connaissait, enfin qu'il l'avait connue. Enfin, sur les réseaux sociaux, parce qu'ils avaient des amis communs, mais qu'il l'avait perdue, enfin son contact, il avait dû faire une fausse manœuvre, il n'était pas habitué à ces outils, mais enfin, grâce à cette soirée, il avait l'occasion de la rencontrer en vrai. C'était sympa qu'elle ait pensé à l'inviter. Mais enfin, elle devait être très occupée, cette Cynthia, c'est normal, c'est toute une organisation une soirée comme ça.

- Oui, vous avez raison, Antoine, elle est très occupée. Venez, allons voir notre artiste au travail. Je crois que vous êtes un peu artiste vous-même, non ? Vous allez adorer, c'est formidable.

Alors, Antoine et Line étaient allés voir la performance de l'artiste ensemble. Ils avaient bu un verre, accrochés à la balustrade qui surplombait l'eau, puis un deuxième, un peu plus loin à l'écart de la foule et de la musique. Ils avaient parlé de la vue magnifique, de la brise, de la vie, ils avaient fait le compte de leurs amis communs. Ils s'étaient mis à plaisanter, à rire et le temps avait passé, insouciant et gai.

Puis, Antoine avait dit qu'il était tard, qu'il fallait qu'il rentre se coucher parce qu'il n'était pas tout à fait remis de cette grippe, mais qu'il avait passé une soirée délicieuse. Au plaisir, merci encore, c'est tellement gentil de m'avoir invité, cela m'a fait du bien de sortir, il faut absolument se revoir. Absolument.

Line avait accompagné Antoine jusqu'à l'ascenseur. Cynthia y était.

Antoine, en la croisant, lui avait dit :

- On n'a pas eu beaucoup l'occasion de se parler ce soir…

Cynthia, qui manquait peut-être d'éducation, mais pas d'esprit, avait répondu : ne vous en faites pas, Antoine, j'ai le sentiment que nous allons nous voir souvent.

Line avait souri : Cynthia était instinctive, elle avait sans doute compris cette connivence qu'ils avaient eue ce soir, Antoine et elle. Qu'ils se reverraient. Et oui, elle en était sûre, que c'était le début d'une belle histoire.

Mais Cynthia voulait simplement prévenir Antoine qu'elle s'attendait à ce qu'il la poursuive de ses assiduités. Qu'elle le ferait courir, mais qu'il ne l'attraperait pas. Quant à Antoine, il avait compris que Cynthia, accaparée ce soir par ses devoirs d'hôtesse, acceptait, par ces quelques mots simples, de le revoir.

Alors, Cynthia tourna les talons. Et Antoine et Line, chacun réjoui par ce qu'il avait choisi de croire, se regardèrent émus en souriant, tandis que la porte de l'ascenseur, en se refermant, les séparait.

Line

Elle avait posé ses petites mains fines et veineuses sur la table. Sa tête, bien droite, sous ses boucles argentées, lui donnait un air impérial. Je m'étais assise face à elle, avec le respect qu'on doit aux divinités des temples. J'avais sorti mon carnet de notes, je cherchais un stylo, mais d'un geste ample et élégant de sa petite menotte d'enfant prise au piège dans ce corps de vieille dame, elle m'avait signifié qu'il n'y avait rien à noter.

- Ils ne veulent pas me laisser sortir, avait-elle dit sans préambule.
- Pourquoi ?
- Parce qu'ils ont peur que je me suicide.
- C'est vrai ?
- Bien sûr !
- Alors, pourquoi leur dire ?
- Parce que je ne mens jamais.
- Mais si vous voulez sortir...
- Je veux sortir...

Elle avait baissé la tête, regardé ses toutes petites mains, dont elle avait tourné les paumes vers le ciel dans un geste de supplique. Puis elle avait, sans relever le menton, ouvert ses grands yeux, sur moi. Et elle avait ajouté :

-   Et mourir.
-   Alors dites-leur que vous mourrez, comme tout le monde, un jour ou l'autre, mais que vous ne vous suiciderez pas. Que ce sera le destin...

-   Et le destin, ce sera vous ?
-   Oui.

III

Line avait acheté sur la pointe est de l'île du Chien, pour quatre-vingt-cinq mille dollars, deux acres de sable blanc immaculé. La parcelle, perdue sur une côte oubliée de Floride que ne fréquentaient que les pêcheurs de poissons côtiers, de crabes et de coquillages, était uniquement accessible par bateau et Line n'en avait pas.

Il y avait bien, sur le Nils Pehrson Field, un petit aéroport privé appartenant au conservatoire de l'île, cerné de pins parasol et de ronces et dont la pancarte posée de guingois précisait que l'atterrissage se faisait à vos propres risques. Mais il était à l'autre bout de l'île et il aurait fallu pour l'atteindre à pied, traverser - ce qui paraissait risqué, voire impossible - de nombreuses propriétés privées et des taillis touffus grouillant de bestioles, avant de rejoindre l'unique route carrossable de l'île, la Gulf Shores Drive.

Donc, une fois par an, en hiver, Line se faisait déposer sur son banc de sable, par un pêcheur de vivaneau et de cobia, avec une malle de vivres et deux jerricans d'eau. Un mois plus tard, exactement, le petit bateau de pêche revenait la chercher. Le tirant d'eau ne lui permettait pas d'approcher de la plage et comme la propriété n'avait, contrairement à ses voisines, pas de ponton de bois où accoster, Line devait, pour rejoindre le bateau, parcourir une bonne centaine de pieds dans l'eau qui lui montait jusqu'à mi-cuisses. Ce qui supposait une mer d'huile et laissait toujours planer une incertitude sur le moment exact du départ. Aussi, la dernière semaine, Line empaquetait presque tout et tirait la malle au plus près de l'eau pour ne pas être prise au dépourvu au moment de partir.

Le banc de sable, que la mer finirait par engloutir tôt ou tard, était bordé au nord du Sound Saint-George, aux eaux turquoise et paradisiaques et au Sud, du Golfe d'Amérique d'un bleu profond, presque noir, et étonnamment poissonneux.

Il y avait, sur la parcelle, face au Golfe d'Amérique, les restes d'une maison sur pilotis. Les ouragans successifs l'avaient suffisamment abîmée pour qu'elle ne soit plus considérée comme habitable - ce qui expliquait le prix extrêmement bas du terrain - mais elle l'était quand même, pourvu qu'on accepte de monter un escalier branlant, de dormir sur des planches disjointes au milieu des reptiles, de n'avoir ni eau courante, ni électricité, ni Internet.

Et puis, surtout, il n'y avait pas d'ombre pour se cacher, de rien. Même de soi-même.

Line n'y faisait rien, sinon réfléchir, dormir et se baigner. Elle pêchait parfois, le moins possible, car elle n'aimait pas tuer les innocents. Sauf pour abréger leurs souffrances.

Elle avait, depuis dix ans, fait de cet endroit son lieu de purification annuelle. Comme d'autres allaient autrefois à Katmandou et vont aujourd'hui s'affamer en cure détox à coup de jus d'herbe et de dollars. Line en revenait mincie et brûlée par le soleil et le sel.

Avant de s'y rendre, elle avait, comme elle le faisait chaque année depuis la mort de la vieille dame — de l'ouverture de la saison des crabes à la fin de la saison des ouragans -, résolu, de manière définitive, autant de conflits que possible.

La vieille dame lui avait montré la voie. Ce n'était pas si grave. Parfois, elle aidait des gens à partir. Parfois, elle les forçait à partir. Pour le bien de l'humanité.

Elle savait qu'en cette trêve des confiseurs, des femmes verseraient des larmes de crocodile sur leurs maris perdus. Oui, elle terminait souvent des hommes. Neuf, cette année. Parfois des femmes, mais c'était extrêmement rare. Et elle n'avait jamais failli. Attention, il ne s'agissait pas de tuer un innocent. Elle ne se le serait pas pardonné. Mais il ne l'était jamais, innocent, celui qu'elle achevait, car elle menait toujours son enquête de manière consciencieuse.

Il y avait eu assez d'erreurs judiciaires dans l'histoire du nouveau monde pour y ajouter encore du malheur.

Tuer un assassin ne diminue pas par le nombre des meurtriers sur terre, - prétendait je-ne-sais quel abolitionniste de la peine de mort -, car celui qui tue un assassin en devient un, laissant leur nombre global inchangé.

Mais Line réfutait cet argument. Elle justifiait ses actions en nombre de vies épargnées : elle savait combien de femmes et d'enfants sont sauvés lorsqu'une crapule est rayée de la surface de la terre.

Alors, elle avait ses méthodes : d'abord, c'était toujours un accident. Suivant la technique que lui avait enseignée son maître, il ne fallait pas contrer la force par la force. Juste un petit coup de pouce du destin. Celui qui buvait trop mourrait dans son vomi. Celui qui se droguait ferait une overdose. Celui qui conduisait trop vite finirait dans un lac ou contre un arbre. Il suffisait d'analyser leur comportement et de les pousser à l'erreur fatale.

Ensuite, pour être sûre de la culpabilité de sa cible, elle se renseignait auprès des ex du bonhomme, de son cercle élargi, de ses copains. L'air de rien, une rencontre fortuite, un bar, un supermarché, un parking. Une discussion badine sur leur vie, leurs amours, leurs emmerdes.

Et oui, si la violence était cyclique, si à chaque bonne femme, aussi extraordinaire soit-elle, le type était resté salaud, c'est qu'il l'était pour de bon. Irrécupérable.

Résoudre les conflits, c'était supprimer leur cause.

Ici, au milieu de nulle part, elle était l'Ève. Mais il manquait Adam. Alors, à défaut d'Adam, il faudrait mettre le paradis bientôt entre parenthèses. Jusqu'à l'année prochaine. Et remettre son armure. Comme le homard, lorsqu'il mue et grandit, se refait une carapace.

Sur le banc de sable blanc, lovée dans son hamac sous les ruines de la maison de bois, Line regardait alternativement le Golfe infini et noir, puis le Saint George Sound aux allures de paradis.

Saint-Georges tuait les dragons. Line aussi.

Line

Maintenant que les choses graves étaient dites, la vieille dame et moi n'avions plus qu'à rire du mauvais tour que lui avait joué l'univers.

Alors, autour de cette table en bois, dans cette pièce austère d'un quasi-monastère remplis de morts-vivants, nous avions ris, toutes les deux aux éclats, de sa mésaventure.

Elle m'avait tout raconté. Elle était bien au rendez-vous de la mort le vendredi 13. D'ailleurs, de toute sa vie, elle n'avait jamais raté un rendez-vous.

Donc, elle était prête.

À neuf heures cinquante minutes très précises, elle s'était enfermée sur la terrasse, poussant la lourde fenêtre à glissière dont elle avait préalablement bloqué le loquet pour qu'il se referme définitivement derrière elle. Pour que le studio reste impeccable. Peut-être aussi pour ne pas être tentée de changer d'avis.

Elle avait pris avec elle un petit escabeau à trois marches —qu'elle avait piqué dans la réserve du jardinier, et qu'elle avait choisi à dessein le plus branlant possible -, un spray pour nettoyer les vitres et une serpillière. Ces deux derniers objets étaient destinés à consolider son alibi. Celui de l'accident, car sa mort serait évidemment accidentelle, ce qui assurerait le paiement de ses funérailles grâce à sa couverture obsèques. Puisqu'elle avait dépensé jusqu'à son dernier centime, il valait mieux penser à tout.

Elle avait ouvert l'escabeau, elle était montée sur la plus haute marche et elle avait enfourché la balustrade d'acier et de verre. Puis, après avoir pris une grande respiration, elle avait poussé du bout du pied l'escabeau.

Mais, celui-ci, en tombant sur le marbre, avait fait un fracas énorme. Un bruit inattendu et terrible qui l'avait, sans qu'elle comprenne pourquoi, tétanisée.

Cet effet de sidération, elle ne savait pas combien de temps il avait duré : une seconde, une minute, un siècle... Toujours est-il qu'elle était restée là, oscillant entre la vie et la mort un long moment, à califourchon, coincée, une jambe dans le vide, l'autre trop courte pour toucher le sol, la tête et le cœur nauséeux en prise aux vertiges au milieu des mouettes moqueuses.

Assez longtemps, en fait, pour que quelqu'un qui ne lui était rien, et pour laquelle elle n'était rien jusqu'à ce vendredi 13, la sauve d'elle-même en appelant le 911 à dix heures vingt-deux minutes précisément.

Alors, au cri strident des sirènes qui avait interrompu sa stupeur et fait fuir les mouettes, elle avait jeté un rapide coup d'œil vers le bas : elle avait vu les camions de pompiers et la foule agglutinée dans les jardins.

Et avant qu'elle comprenne, un corps gigantesque et masculin s'était emparé d'elle, l'avait soulevée, emportée et posée sur le sol de marbre où elle s'était évanouie.

II

Line partirait bientôt pour son île et elle faisait le bilan de la saison.

Cynthia - cette fille qui lui collait aux basques depuis plusieurs semaines - avait proposé, contre rémunération, de s'occuper du petit QG de Line pendant son absence. Les législations commençaient à évoluer dans bon nombre d'États américains. Il suffirait, en l'absence de Line, que Cynthia dirige les personnes cherchant des renseignements sur les procédures de fin de vie vers ce service en Oregon qui les prendrait en charge. Les mentalités changeaient et d'ici peu Line ne s'en occuperait sans doute plus.

Quant au nouveau secteur que Line développait depuis quelques années, celui de résolution de conflits familiaux, Cynthia serait incapable de s'en occuper. D'ailleurs, Cynthia ignorait tout des procédures de Line. Mais, au moins, elle pourrait prendre les appels et noter les coordonnées des personnes à recontacter.

Line n'avait pas osé refuser et l'avait engagée comme assistante. Sans pourtant que cette assistante sache vraiment en quoi consistait le boulot de Line. Ni sa façon bien particulière de régler les conflits.

Depuis deux semaines qu'elle avait été engagée, et dans la perspective du départ de Line sur l'île, Cynthia venait désormais chercher Line le matin, en voiture.

Non que Line lui ait jamais demandé de le faire. Non, c'était sa façon intrusive bien à Cynthia de donner du contenu à une fonction qui n'en avait pas vraiment.

Line avait toujours préféré se rendre à pied à ce petit bureau sans fenêtre, dont elle avait garni les murs de formations et certifications suivies en ligne et où il était écrit sur la porte qu'elle était conseillère familiale, spécialisée en résolution de conflits.

Line considérait la demi-heure de marche, sous l'allée arborée de Meridian Avenue, surtout au petit matin, comme une expérience presque surnaturelle, comme un palier entre deux mondes. Un lieu où reprendre sa respiration.

Il y avait les arbres, centenaires et majestueux dans la lumière pâle et laiteuse de l'aube, les petits immeubles Art Déco aux ocres délavés. Quelques passants, rares, revenant de nuit d'ivresses et d'excès, souvent désinhibés comme celui qu'elle avait aperçu un matin derrière une grille, se frottant contre un arbre, le sexe dressé, grommelant dans un sabir incompréhensible des chuintements à refroidir la plus chaude des Vénus.

Il y avait des chats aussi, beaucoup de chats, et Line avait toujours adoré les chats. C'était une colonie de chats « monitorée ». Pas des chats errants, des chats libres, mais sous surveillance, luttant par leur présence contre la prolifération des vermines et nourris par la ville. Ils étaient là depuis sa fondation en 1912. Enfin pas eux, leurs ancêtres, dignes pères fondateurs de la colonie dont ils étaient les descendants. Ils avaient été importés par le premier maire de Miami Beach, John Newton Lummus Sr, pour contrôler la population des rats. Ils avaient réussi et, supplantant les rats, ils s'étaient mis à pulluler tant et si bien qu'au temps de Miami Vice, leur tête était mise à prix et que bien des chats furent dénoncés pour un rail de cocaïne. Mais depuis dix ans, la ville et les chats avaient passé un pacte : pour autant qu'ils cèdent un peu de leur liberté, qu'ils acceptent d'être vaccinés et surtout castrés, les chats seraient à nouveau respectés et grassement nourris.

Line s'arrêtait quelques instants, doucement, de crainte de les faire fuir et leur souriait avec le respect que méritait leur histoire.

Avant d'arriver à son petit bureau, Line faisait un détour par un café, Las Olas, et elle achetait, à leur guichet, - à emporter, por favor -, le meilleur latte de la Beach à des Cubaines volubiles qui ne la comprenaient pas et servaient en riant des officiers de police beaux comme des dieux.

Mais voilà, depuis une dizaine de jours, Cynthia appelait juste avant que Line ne parte. Elle disait : je passe te prendre, je suis en route, j'arrive. Avec un tel aplomb que Line ne protestait pas.

Et puis Cynthia n'arrivait pas. Ou beaucoup plus tard. Il y avait eu des embouteillages sur la Julia Tuttle causeway - il y en avait toujours - ou quel qu'autre justification que Line n'avait pas envie d'entendre et que Cynthia déclamait sur un ton qui puait le mensonge.

Puis, presqu'immanquablement, Cynthia insistait pour l'inviter à prendre un café dans un des innombrables hôtels à touristes qu'il y a sur Collins et dont elle connaissait tous les serveurs.

Mais Cynthia ne payait jamais. Car elle passait sa vie à rendre des services à chacun d'entre eux, et, aussi infime soit-il, ce service plongeait son bénéficiaire dans un servage indéfini et infini qui lui interdisait de faire payer quoi que ce soit à Cynthia, ou de lui refuser quelque service en retour.

Elle avait ainsi établi un réseau - mettant en rapport les uns et les autres – qui leur profitait à tous, mais dont elle était la principale bénéficiaire puisqu'il lui assurait un train de vie que ses maigres rentrées ne lui auraient jamais permis.

Le café servi en terrasse était évidemment infâme, loin du délicieux latte des joyeuses Cubaines. C'était le plus souvent de l'américano allongé dans lequel Line vidait, dans l'espoir de lui donner un peu de consistance, tous les paquets de sucre et tous les petits berlingots de lait qui traînaient sur la table.

La conversation était, comme le café, très légère et sans saveur. Cynthia et les serveurs parlaient de la nuit, de ce qu'ils avaient fait la veille, qui ils avaient vu ou pas et, évidemment, de leur statut. La plupart d'entre eux étaient arrivés en touristes ou avec un visa étudiant. Et il ressortait de la conversation qu'ils cherchaient ou parfois avaient trouvé - et alors il y avait des bravos et des embrassades - un sponsor ou un conjoint américain qui leur permette de pérenniser, et surtout de régulariser, un séjour souvent devenu clandestin.

Le trajet que Line aurait fait en trente minutes avait pris deux bonnes heures, souvent en vain.

116

Mais ce matin-là, sur la terrasse de cet hôtel, devant l'infâme americano, Line et Cynthia avait un objectif commun : celui de faire la liste des invités d'une soirée caritative. Contre les violences faites aux femmes. Une soirée qui aurait lieu après le retour de vacances de Line.

Il s'agissait de fusionner la liste de Line, qui comprenait ses clientes et ses contacts sur les réseaux sociaux, et celle de Cynthia, faite d'influenceurs, de *socialites* et de créatures décoratives susceptibles d'amener de riches bienfaiteurs.

Cette soirée servirait à réunir des fonds pour conseiller, et surtout débarrasser définitivement de leurs problèmes, les femmes indigentes qui n'auraient pu, sans ce soutien, faire appel aux services de Line.

Et puis aussi, c'était une excellente couverture.

Donc Line acceptait, sans trop broncher, d'ajouter ou de soustraire à la liste les noms que Cynthia suggérait.

Jusqu'au moment où elles étaient tombées sur le nom d'Antoine.

- Celui-là, non, il n'a pas d'argent, avait décrété péremptoirement Cynthia en le raturant.

- Pourquoi ? On s'en fout qu'il n'ait pas d'argent, avait objecté Line. Il paraît qu'il est super, il a l'air de faire partie des mêmes cercles que moi, nous avons les mêmes amis. C'est même carrément anormal que je ne l'aie jamais rencontré. C'est l'occasion ou jamais. Non, non, mets-le dans la liste.

- Comme tu veux, avait répondu Cynthia, en inspirant profondément.

Et, bonne fille, elle avait réécrit le nom d'Antoine par-dessus la biffure.

Line

Oui, j'ai son pendentif.

Nous avions mangé au restaurant pour fêter sa sortie. C'était dans un grand jardin, joli comme une guinguette, sous les lampions, aux airs d'un orchestre gai comme ceux de la Nouvelle-Orléans, l'air sentait la chair brûlée des barbecues et la bière locale, celle des petites brasseries artisanales de Wynwood.

Il y avait des amoureux, des bandes de potes qui s'appelaient « bro » et se tapaient sur l'épaule en se serrant sur le cœur, des midinettes dans des fourreaux étroits dont les talons se fichaient dans le sol, et d'autres callipyges en shorts généreux et forcément trop étroits, aux cils si longs qu'ils en égratignaient le ciel.

Il y avait, dans ce lieu, des rires et de la joie et quelque chose de l'Amérique éternelle. Celle d'un temps hors du temps.

Nous avions ri, bu, assises face à face sur nos bancs de bois gravés de cœurs et de prénoms étranges. Cette nuit-là, la vieille dame m'a raconté mille anecdotes, des dizaines d'années de souvenirs en quelques heures, comme s'il fallait qu'elle s'en défasse pour pouvoir partir.

Je n'ai jamais connu de nuit plus lumineuse que celle-là. Sur le chemin du retour, nous avons acheté, à emporter, un *Sundae* qu'elle a décoré d'une centaine de petites gélules rouges. Elle s'est assise sur le lit, le dos calé par les oreillers, pour le manger consciencieusement. Je lui ai tenu la main jusqu'à ce qu'elle s'endorme.

Puis, avant de partir et de refermer la porte de la chambre et de notre histoire, j'ai posé la boîte de Secobarbital vide à côté de l'enveloppe qu'elle avait préparée avec ses instructions.

Quand la vie l'a quittée au petit matin, dans la chambre du motel, c'est à moi qu'en offrant son pendentif, elle a donné une nouvelle vie. J'ai quitté mon boulot ennuyeux d'agent d'assurance. Depuis, j'offre des solutions aux problèmes.

Des solutions définitives, bien sûr.

I

Cynthia était assise en string sur le divan de Line. Ses seins de plastique pointaient vers le ciel et elle avait le doigt collé sur le téléphone. Elle faisait défiler sur Tinder des profils sans intérêt.

Elle avait bien déjà un Colombien prévu pour cette nuit. Un plan cul régulier auquel elle essayait de ne pas s'attacher. Elle cherchait plutôt une alternative, ou un extra pour pimenter le programme.

Toutes les quinze minutes, elle se levait pour aller griller une cigarette sur la terrasse. Et le bruit de la lourde porte-fenêtre qu'elle ouvrait et refermait interrompait Line dans sa réflexion.

En rentrant et, alors que la porte était déjà entrouverte, elle écrasait nerveusement sa cigarette dans le cendrier qu'elle avait posé sur le seuil, ce qui laissait à chaque fois pénétrer un halo de fumée à l'intérieur.

Ses allées et venues incessantes ajoutées aux odeurs âcres du tabac froid commençaient à la rendre insupportable.

Cynthia était chez Line, car elle avait, pour se faire un peu d'argent, sous-loué son appartement pour quinze jours et elle s'était offert des vacances sur les divans de ses connaissances, qu'elle appelait ses amis. Trois ou quatre jours chez l'un, chez l'autre. Une semaine chez Line.

Oh, avait-elle dit à Line pour la convaincre, elle ne dérangerait pas beaucoup. En réalité, il lui fallait juste un endroit où laisser quelques vêtements, une trousse de toilette...Juste un lieu où dormir même quelques heures sur un divan, car l'essentiel de ses nuits, elle le passerait dehors.

Depuis plusieurs minutes, il n'y avait plus de pauses cigarettes intempestives. Elle devait avoir trouvé une proie. Line la voyait concentrée.

- Tu as trouvé quelque chose ?

Cynthia fit un oui, dans un sourire gourmand, l'accompagnant de ce petit raclement de gorge que font les gros fumeurs et les personnes vulgaires. Elle était décidément les deux.

- Je discute avec un type, là. Il vient de divorcer, il est mal, on se remonte le moral. Je lui ai dit pour mon copain, celui qui est mort dans l'accident de moto.

- Quel accident de moto ? Ah, oui, fit Line. Line savait que le type dont elle parlait, celui mort dans l'accident de moto, en réalité Cynthia le connaissait à peine. Mais comme Cynthia n'avait rien eu à faire de sa journée, l'annonce de cette mort ce matin, lui avait donné de quoi s'occuper : au fil des coups de téléphone, le malheureux défunt était devenu un de ses meilleurs copains et elle avait fini par appeler tous ses contacts pour les prévenir de la mort d'une personne dont ils n'avaient rien à foutre.

Cynthia avait replongé le nez sur l'écran de son téléphone : la conversation avec ce prospect avait l'air passionnante.

Au bout de quarante minutes, Line, qui avait enfin terminé de vérifier que toutes les morts de la saison avaient bien été classées comme accidentelles, s'était risquée à dire quelques mots :

- Profil intéressant ?

- Oui, il monte un projet de société. S'il a des connexions, qui sait ? Je pourrais peut-être décrocher un boulot de relations publiques. En tout cas, il a l'air accroché. Ce n'est pas le genre qui me dira non !

Elle avait ricané. Puis, elle avait ajouté :

- Mais par contre, moi, je lui dirai non ! Il n'est pas du tout mon genre. Physiquement, il ne m'intéresse pas du tout. Regarde sa tête.

Elle avait tourné son écran vers Line pour lui montrer sa photo : c'était celle d'un homme au visage sympathique dont le joli sourire, un peu triste, accentuait les rides d'expression. Il avait les cheveux fous, un petit œil rieur et de grandes lunettes d'écaille.

- Il a de l'allure, avait dit Line. Si en plus, il a de la conversation, il peut être intéressant.

Il paraissait plus âgé que Cynthia, mais Line avait choisi de ne pas soulever ce détail, car forte de son expérience, Line savait que la jeunesse n'est pas la meilleure qualité d'un homme. Cynthia aimait les hommes. Jeunes ou riches. Son idéal masculin devrait cumuler les deux.

Line soupira. Cynthia ne comprenait rien à la vie. Elle trouvait la vie de Cynthia inutilement risquée. Et même si elle l'énervait plus qu'à son tour, elle avait eu, instinctivement pour elle, une tendresse, une inquiétude presque maternelle : quand elle ne l'entendait pas rentrer, elle l'imaginait découpée en rondelles et jetée aux poubelles dans une allée sordide ou retenue contre son gré par des mafieux libidineux. Line serait obligée de faire un sort au coupable, comme si elle n'avait pas déjà assez à faire !

Que Cynthia passe un peu de temps avec cet homme représentait une pause, un soulagement dans cette effervescence inutile. Il avait l'air de l'homme idéal.

- Tu vas le rencontrer ?

- Oui, si son projet, ce n'est pas du toc, parce qu'ici le nombre de mythos, tu connais ?

Line sourit. Oui, effectivement, Cynthia avait raison, beaucoup, en arrivant ici, s'inventaient une vie.

Pourtant, cet homme-là, cet Antoine, avait vraiment l'air ingénu : en moins de quarante minutes, il avait parlé à cette inconnue, - alors qu'il ne connaissait que ses mensurations et la couleur de son bikini -, de choses bien plus privées que le sexe : de la mort de ses parents adorés, de son divorce, de son emménagement récent dans le quartier, d'un projet professionnel prometteur en plein développement sur lequel il comptait pour redémarrer.

Et, surtout, preuve qu'il était fou ou inconscient, il lui avait donné sa véritable identité.

Cynthia, que le projet professionnel intéressait davantage que le monsieur, avait bien sûr immédiatement introduit son nom dans le moteur de recherches, puis sur ses réseaux sociaux.

Ceux-ci indiquaient que l'homme partageait avec elles des amis communs. Des vrais en chair et en os, des gens auprès desquels on pouvait se renseigner.

- Dis, c'est dans tes cordes, non ? Tu peux les appeler pour qu'on en sache plus sur lui. Dis, ça ne t'embête pas ? Tu veux bien ? Avait minaudé Cynthia.

- Tu veux que je vérifie ce qu'il dit, Cynthia ? Ça te rassurerait avant d'accepter un rendez-vous ?

- Oh oui, génial ! Merci, Line !

Line avait procédé aux vérifications d'usage et quelques instants plus tard, elle était en mesure de corroborer, de source sûre, concordante et bienveillante, tout ce qu'elle pensait qu'il y avait à savoir sur l'interlocuteur de Cynthia.

Au moins pour un premier rendez-vous.

Oui, c'était un homme formidable. Un vrai gentil. Un ami fidèle. Un être rare comme il en existe peu. Mais il avait été trompé par un associé, il avait tout perdu : ses sociétés dans le monde et ici aux États-Unis. Et avec le départ de son épouse, ses dernières illusions.

Oui, il sortait tout doucement du gouffre. Il était courageux, et oui, il avait des projets professionnels, mais cette société qu'il montait et dont il lui avait parlé, c'était avec l'argent d'investisseurs. Pas le sien. Il lui restait bien sûr de quoi vivre, mais sans folie. Mais non, en fait pour les standards de Miami, il était raide.

Le temps que Line vérifie les antécédents d'Antoine, Cynthia n'avait pas perdu son temps : elle était déjà passée au candidat suivant.

Elle avait, sur le site de rencontres, pêché un Cubain presque tout neuf qui l'attendrait dans une heure sur Lincoln Road.

Pour boire un verre et plus si affinités, et s'il n'était pas à la hauteur, elle pourrait toujours rejoindre son Colombien régulier. Ou voir les deux. Successivement.

Quant à Antoine ?

- Sans intérêt, avait dit Cynthia. Et elle avait, d'un doigt, supprimé son profil.

Antoine avait disparu.

« Je t'aime dans le temps.
Je t'aimerai jusqu'au bout du temps.
Et quand le temps sera écoulé, alors, je t'aurai aimée.
Et rien de cet amour, comme rien de ce qui a été,
ne pourra jamais être effacé. »

rmesson.
ɔir tout dit —

Éditions RENCONTRE DES AUTEURS
FRANCOPHONES - 2023
www.rencontredesauteursfrancophones.com
Tous droits réservés
ISBN : 978-1-962371-00-1

www.ingramcontent.com/pod-product-compliance
Lightning Source LLC
Chambersburg PA
CBHW031834170626
46807CB00004B/1461